생각의 산책

이수정 철학에세이

생각의 산책

철학과 현실사

차례

1 __ 숲길

2 ___ 들길

3 ___ 산길

4 __ 강변길

5 __ 공원길

서문 🌿

나는 산책을 좋아한다. 돌이켜보니 수많은 길을 걸었다. 숲길, 들길, 산길, 강변길, 공원길 ···. 모두 제각기 다 좋았다. 길이 있다는 것, 그 길을 걷는다는 것, 그것은 얼마나 큰 축복인가. 내가 좋아하는 말로 그것은 '작은 구원들' 중의 하나다.

산책은 철학과 무관하지 않다. 저 아리스토텔레스의 제자들은 '소요학파'라 불리기도 했고, 칸트의 규칙적인 산책은 그의 트레이드마크 같은 것이기도 했고, 루소도 '고독한 산책자의 몽상'을 썼다. 그런 것이 다 산책의 매력 있음을 방증한다.

이 책은 그런 산책의 하나다. '생각의 산책'이다. 나는 나 자신이 그러했듯이 독자들이 이 책의 행간을 자유롭게 거닐며 생각의 산책을 즐겨줬으면 좋겠다. 비교적 가볍게, 부담 없이. 그러면 아마 여러 풍경들이 눈에 들어올 것이다. 세상의 풍경, 나라의 풍경, 시대의 풍경, 삶의 풍경 ···.

이런 철학 에세이는 내 학문적 전략의 하나다. 내가 사랑하는 철학을 어떻게든 사람들에게 쉽게 접근할 수 있도록 만들어주고 싶은 것이다. 이렇게라도 하다 보면 철학의 100 중 1 정도라도 사람들에게 전해지지 않을까, 그런 기대가 없지 않다.

사람들이 '생각'이라는 것을 좀 했으면 좋겠다. 돈 벌 생각, 출세할 생각, 그런 생각 말고, 사람에 대한, 삶에 대한, 세상에 대한, 그런 생각. 그런 생각을 통해 사람과 세상이, 구체적으로는 우리 사회가 좀 더 질적인, 수준 높은 사회가 되는 것이 내 간절한 소망이다.

나의 이 글들이 그 질적 향상을 위해 한 1센티라도, 아니 한 1밀리라도 기여할 수 있다면 좋겠다. 산책길에는 언제나 생각의 바람이 스쳐간다.

2017년 봄
이 수 정

1 _ 숲길

욕망의 시각화

언젠가 TV에서 손에 묻은 세균들을 시각화해서 보여준 적이 있다. 양치 후 이에 남은 충치 균을 색깔로 보여준 적도 있다. 원래 보이지 않는 것을 그런 식으로 보여주는 것은 대단히 효과적이다. 보는 즉시로 경각심이 생겨난다.

그렇게 직접 눈에 보이게 해주는 것이 가장 확실하기는 하지만 그렇게 할 수 없는 경우라면 머릿속에 그려보는 것만 해도 상당한 효과가 있다. 예컨대 마음속에 지도 그리기 같은 것도 그런 경우다. (심지어 나는 인간의 관심사 내지 성향 내지 종류를 드러내기 위해 자신이 평소 혹은 평생 다녔던 장소들을 마음속 지도에 표시해보라고, 그 지도에 찍힌 자신의 발자국을 그려보라고 [즉, '발걸음의 지도'를 그려보라고] 권한 적도 있었다. 내가 '발걸음의 인간학'이라 부르는 일종의 철학적 방법론이다. 이는 '행위의 결과가 그 사람을 가장 확실하게 보여준다'는 통찰에 근거한다. 이는 인간의 업장을 판정하는 이른바 염라대왕의 방법론이기도 하다.)

문득 인간의 욕망을 그런 식으로 시각화해서 본다면 어떨까 하는 생각이 들었다. 예컨대 가장 대표적인 인간의 욕망이라는 재물욕, 권력욕, 명예욕, 그런 것을 색깔로 칠해서 드러내보는 것이다. 재물욕은 빨강, 권력욕은 파랑, 명예욕은 노랑, 그런 식이다. 크리스마스트리처럼 빛을 반짝이게 한다면 더욱 효과적일 것이다. 그러면 아마도 단 한 명의 예외도 없이 70억 인간들의 가슴속이 모조리 빨강, 파랑, 노랑, 아니 총천연색으로 어지럽게 빛날 것이다. 그걸 만일 하늘에서 내려다본다면 마치 위성이 촬영한 지구의 야경처럼 그 빛들이 지구 전체를 뒤덮을 게 틀림없다. 물론 그 강도에 따라 빛의 밝기도 달라진다. 서울 여의도나 강남 같은 곳은 특별히 더 밝을 것이다.

그런데 우리가 만일 '진실'이라는 것을 고려한다면 그 욕망들을 예쁜 색깔이나 빛으로 표시하는 것은 좀 어울리지 않는다. 그게 그렇게 아름답기만 한 것은 아니기 때문이다. 그 대부분은 사실 자기애와 결부돼 있고, 그 욕망의 실현과정에서 타인의 욕망과 충돌한다. 그래서 그 과정은 대부분 투쟁이 된다. 그래서 그것은 피나 멍이나 상처를 동반한다. 아니, 그 이전에 그 욕망들은 거의 대부분 시커먼 사적 욕심과 결부돼 있다. 그러니 그런 실상에 어울리는 색깔을 칠하는 것이 합당할 것이다.

인간들의 가슴속에 있는 욕심들을 시커먼 색으로 칠해본다. 그러면 아마도 당당하게 가슴을 열고 거리를 나다닐 수 있는 사람은 거의 없을 것이다. 아니 애당초 거리낌 없이 누군가를 마주할 수 있는 사람도 거의 없을 것이다. 모두가 모두에게 서로서로 정체를 숨긴 채 상대방을 노린다. 그런 게 인간이고 그런 게 세상이다. 실제로는 그런 시커먼 욕심이, 먹물보다 더 시커먼 욕심이 눈에 안 보이니까, 뭐나 되는 양 그럴듯한 말과 행동으로 위선을 떨며 행세를 하는 것이다.

더욱이 그 욕망으로 인해 사람이 사람에게 안겨준 멍과 상처들을 생각해보라. 그런 것은 시푸르둥둥한 색깔로 칠하는 것이 맞다. 만일 그렇게 한다면 70억의 인간들은 또 대부분 스머프나 아바타의 나비족처럼 되고 말 것이다. 그것이 우리네 인간의 너무나 여실한 모습임을 그 누구도 쉽게 부인할 수는 없을 것이다.

좀 더 적나라하게 말해보자면 우리가 선택해야 할 색깔은 검정도 파랑도 아닌, 어쩌면 시뻘건 핏빛이 아닐까 싶기도 하다. 사람들은 사람들에게 너무나 쉽게 공격을 한다. 말로 태도로 행동으로 그리고 실제 무기로 공격을 한다. 너무나 쉽게 사람들은 사람들을 찔러댄다. 선량한 사람들은 상처를 입고 피를 흘린다. 보이지 않는 그 피를 시각화해서 그려보자. 그러면 아마 선혈이 낭자한 사람들의 가슴이 한눈에 들어올 것이다. 온 지구상에 핏빛 강물이 흐를 것이다. 그건 어쩌면 홍수 수준일지도 모르겠고, 어쩌면 저 바다에 가득 차 지구상의 모든 해변에서 파도로 울부짖고 있는지도 모르겠다.

그런데 그것은 아직 칠해지지 않았고 따라서 우리의 눈에는 보이지 않는다. 그래서 우리는 그냥 그렇게 살고 있다. 욕망 때문에 밟고 밟히고, 때리고 맞고, 찌르고 찔리고, 상처를 주고 상처를 받고, 그렇게 시커멓게, 그렇게 시퍼렇게, 그렇게 시뻘겋게 살고 있다. 저 하늘 위의 전지전능한 신은 어쩌면 그 모든 보이지 않는 색깔들을 보고 계신지도 모르겠다. 아마도 가슴이 아프실 것이다. 화가 나실지도 모르겠다. 그건 인간과 세상에 대한 당초의 구상이나 기대와는 크게 다를 것이다. 이제 그런 인간의 욕망과 욕심들이 다른 인간들뿐만 아니라 온 지구를, 자연을, 우주를 건드리기 시작했다. 조만간 참다못한 절대자가 불벼락을 내릴지도 모르겠다.

　이제 누군가가 인간들의 가슴에 색깔을 칠해 그 위험한 욕망을 시각적으로 좀 드러내주지 않으면 안 될 것 같다. 예술이어도 문학이어도 철학이어도 그리고 TV여도 좋다. 경각심을 일깨우지 않으면 안 될 것 같다. 과도한 욕망이 지구의 자전과 공전까지도 위협한다. 바야흐로 그런 시대다.

탈의 철학

'21세기 한국의 지(知)'를 위해 이런 철학을 나의 선물로 남겨두고 싶다. 이름하자면 '탈의 철학'이다. 이것은 삶의 일부에 기여하는 '지적인 유희'의 하나로 유용할 것이다. 물론 이것이 철학인 이상 이 유희에는 유희의 탈을 쓴 윤리가 숨어 있다.

'인간이란 무엇인가?' 이것은 철학의 영원한 주제다. 이 물음에 대해 나는 대답한다. '인간이란 얼굴이다.' 물론 이 말의 지적 소유권은 저 레비나스에게 있다. 그러나 그와 무관하게 나는 이것을 나의 언어로, 나의 철학으로 채택한다. 인간이 왜 얼굴이냐고? 삶의 거의 대부분이 다른 사람들과의 관계에서 이루어지는 것이고 그때 그 삶을 영위하는 '나'의 실질적, 대표적인 '모습'이 얼굴이기 때문이다. 거기엔 희로애락 등 온갖 감정을 반영하는 '표정'이 담겨 있다. (표정은 삶의 그림자와 같다.)

그런데 그 얼굴에는 크게 '민낯'과 '탈' 두 가지가 있다. 대인관계에서 우리는 거의 대부분 탈을 쓰고 산다. 그 탈은 상대와 상황에 따라 수백 수천 가지로 달라진다. 따라서 사람의 얼굴도 수백 수천 가지가 된다. 우리는 출근할 때마다, 외출할 때마다, 넥타이를 고르고 옷을 고르듯이, 그때그때 적절한 탈을 골라서 쓴다.

이른바 '탈 쓰기'는 무한의 다양성을 지니고 있고 그리고 끊임없이 새로운 다양성을 개척해나간다. 저 '화장'도 '보톡스 시술'도 '주름제거'도 '성형수술'도 그리고 '포샵질'도 다 일종의 탈 쓰기다. 그 결과가 저 '양두구육', '인면수심', '표리부동', '지킬과 하이드', '천 개의 가면'이 되기도 한다. 범위를 좀 확대해서 해석하자면 '옷이 날개'라는 말도 결국 탈 쓰기의 결과다. '옷'은 '온몸으로 입는 탈'이기 때문이다. '브랜드의 소비'도 그런 탈 쓰기의 일종이다. 누더기를 걸친 나와 명품으로 감싼 나는, 나를 대하는 타인의 태도는 물론 나 자신의 태도까지도 바꿔놓는다.

탈 쓰기의 양상이 다양한 만큼, 탈 자체도 또한 무한의 다양성을 지닌다. 하회탈, 봉산탈, 선비탈, 각시탈, 일본의 '노멘(能面)', 서양의 무도회 가면 등등이 다양하듯이, 인간이 얼굴을 가리는 '무형의 탈'도 다양하기가 그지없다. 그것은 상대에 따라 달라진다. 같은 사람이라도 자식 앞에서 쓰는 탈과 유권자 앞에서 쓰는 탈과 이성 앞에서 쓰는 탈과 권력자 앞에서 쓰는 탈은 각각 달라진다. 경우에 따라 사람은 여우의 탈을 쓰기도 하고 사자의 탈을 쓰기도 한다. (그것은 누구보다도 마키아벨리가 잘 알려준다.) 사기꾼들은 무엇보다도 '사람의 탈'을 쓰고 사기를 친다. 또 누군가는 '친구'라는 탈을 쓰기도 한다. 또 신분에 따라 각각 달리 써야 할 탈들도 있다. 그렇게 다양한 만큼 탈에는 당연히 '좋은 탈'도 있고 '나쁜 탈'도 있다. 부모 앞에서의 자식의 '애교'도 일종의 탈인데, 그런 건 좋은 탈이다. 심지어 프로이트가 말하는 '윤리', '도덕'도 원초적 욕구에 반하는 것이므로 일종의 탈인데 그것도 좋은 탈이다. 그것은 '자아'의 '사회적 얼굴'이 된다. (좋고 나쁨은 물론 객관적 결과가 판정한다.)

대개의 탈은 가짜다. 그것은 나의, 인간의 '민낯'을 가려준다. 온갖 부끄러움도, 온갖 취약함도, 온갖 추악함도, 흉악함도 다 가려준다. 그러나 그런 가짜 탈, 나쁜 탈은 '탈'을 피하려고 덮어쓰지만, 언젠가는 어떤 식으로든 '탈'을 낸다. '탈'이 난다. 그래서 그 정체를 탈탈 털리게 된다. '덮어쓴 탈은 벗겨진다.' 그건 원리다.

그런데 이런 경우도 있다. 애당초 가짜인 탈이, 얼굴의 모조품인 탈이, 어느 샌가 알게 모르게 진짜보다 더 진짜 같은 얼굴 그 자체가 되어버리기도 하는 것이다. 마치 보드리야르가 말해주는 '시뮬라크르'처럼 모조품인 가상실재가 버젓이 실재로서, 심지어 극실재로서 행세하고 통용되는 것이다. '민낯'은 오히려 추방되고 상실된다. 살다가 그것을 깨닫는 순간, 혹은 탈 쓰기에 지치는 순간, 사람은 그 탈을 벗고 싶지만 그 탈은 이미 민낯을 대체한 얼굴 그 자체가 되어버렸기에 좀처럼 벗겨지지가 않는다. 살기 위해서 사람은 자기를 그 탈에 적응시킨다. '어른의 얼굴'이라는 탈이 그런 것이다. 그 탈 안쪽에는 대개 아직도 '소년 소녀의 얼굴'이, 아니 그 이전의 저 '아이의 얼굴'이 가려져 있다. 그래서 어른은 저 탈의 무게를 감당해야 한다.

탈은 때로 긍정정인 의미를 갖기도 한다. 즉, 그것이 용기를 주기도 하는 것이다. 줄리엣에게 다가가 사랑을 고백하게 한 로미오의 가면, 진짜 실력을 돋보이게 하는 저 '복면가왕'의 가면, 일제 침략 세력을 응징하는 저 드라마의 '각시탈'도 그런 경우다. 또 저 가면파티의 가면들도 그런 경우다. 그런 것들은 말하자면 '일탈의 희구'이기도 하다. 누가 그런 탈 쓰기를 나무랄 수 있으랴.

그러나 아무리 긍정적인 의미가 있다 하더라도 탈은 결국 탈이다. 그것 자체가 얼굴일 수는 없다. 인간에게는 '궁극의 민낯'이 있다. 그게 '나'이고 '자아'이고 그 실체는 결국 '순수욕구'다. 그 어떤 탈도 그것을 가릴 수는 없다. 아무리 탈을 써도 우리는 민낯을 그리워한다. 그것은 자연에 대한 그리움과 궤를 같이한다. 순박한 시골 할아버지와 할머니의 사랑과 삶을 그린 저 〈님아, 그 강을 건너지 마오〉가 우리를 감동시킨 것은 그분들의 그 '민낯' 때문이었다. 아무런 탈도 쓰지 않은 자연 그대로의 '사람의 얼굴' 그것 때문이었다.

행운 총량제

TV를 보다가 어떤 드라마에서 우연히 '행운 총량제'라는 말을 들었다. '지랄 총량제', '재주 총량제', '금전 총량제' 등이 유행하더니 이번엔 행운 총량제? 한순간 '반짝' 하는 재미를 느꼈다. 사람에게는 각자 주어진 행운의 총량이 있다는 가설이다. 확인될 수 있는 진리는 아니겠지만, 이 가설은 사람들에게 나름의 지혜로 작용할 수가 있을 것 같다. 예컨대 지금까지 행운이 그다지 없었거나 혹은 불운이 많았던 사람이라면, '그래, 앞으로 남은 행운이 많을 테니까…' 하면서 희망을 가질 수가 있고, 반대로 지금까지 행운이 아주 많았거나 특별한 불운이 없었던 사람이라면, '그래, 그것만 해도 어디야. 정말 복 받은 인생이었어…' 하면서 과욕과 오만을 경계할 수가 있는 것이다. 어느 쪽이건 둘 다 일종의 지혜임에는 틀림없다. 우리의 현실을 보면, 불운에 좌절하는 사람도 많고, 행운에 우쭐대는 사람도 많기 때문이다. 이런 태도들은, 자기를 위해서나 남을 위해서나, 둘 다 바람직스러운 것은 되지 못한다. 조심하지 않으면 안 된다.

세상이란 그리고 인생이란 참 묘해서 절대로 모든 것이 똑같지 않다. 사람마다 다 다르다. 그래서 재미난 건지도 모르겠다. (그런 재미는 어쩌면 신의 창조의도에 내재된 것일 수도 있다. 모든 인간의 삶이 천편일률적이라면 만유의 주인인 신께서도 무료하실지 모르니까. 자연의 변화무상함도 또한 그래서 그런 것이다.) 나는 나의 '인생론'인 《인생의 구조》에서 그것을 '인생의 원천적 불평등 혹은 불공정'이라고 개념화했다. 그건 단순한 사실을 넘어 진실이라고까지 말할 만하다. 받아들일 수밖에 없는 엄중한 진실이다. (진실이라는 말은 '무게'를 반영한다.) 삶의 조건은 정말이지 사람마다 다 다르다. 태어나는 그 순간부터 다 다르다. 누구는 재벌의 자식으로 태어나고 누구는 가난뱅이의 자식으로 태어난다. 누구는 잘생긴 얼굴로 태어나고 누구는 못생긴 얼굴로 태어난다. 누구는 천재로 태어나고 누구는 돌대가리로 태어난다. 요즘 유행하는 금수저니 흙수저니 하는 말은 그런 현실을, 엄연하고도 엄중한 현실을 반영하는 말이다. 태어난 이후의 삶의 진행과정에서도 그런 불평등, 불공정은 여전히 진리다. 지지리 운이 없어서 하는 일마다 쪽박인 사람도 있고, 반대로 운이 너무나 좋아 하는 일마다 대박인 사람도 있다. (실제로 연달아 로또에 당첨되는 사람도 있다고 하니까 그건 타고난 운이라고밖에 설명할 도리가 없다.) 이런 불평등 내지 불공정의 최고의 상징은 어쩌면 저 '손금'이나 '사주' 같은 것일지도 모르겠다. 행불행이 다 운명이고 팔자라는 것이다. 그러니 딴소리 말고 그냥 그렇게 살다 죽으라는 것이다. 이런 건 정말이지 왜 그런지 원천적으로 설명이 불가능하다.

그런데도 이걸 설명하는 기막힌 이론이 하나 있기는 하다. 저 인도 사람들이 말하는 '업', '업보', 그리고 그와 짝을 이루는 '윤회전생'이 그런 것이다. 팔자가 좋고 나쁘고 운이 있고 없고 그런 건 모조리 다 전생의 업장에 따른 현생의 업보라는 것이다. 이건 현생의 업장이 내생의 업보로 발현된다는 식으로 계속 이어진다. 인도 사람들, 정말이지 머리가 좋아도 너무 좋다. 어떻게 이런 기막힌 생각을 하게 됐을까? 이렇게 생각하면 저 모든 불공평, 불평등이 일단 설명이 되는 것이다. '다 네가 한 짓 때문이야.' '그러니 남 탓하지 마.' 특히 지배자들에게는 너무나 편리한 논리가 아닐 수 없다. 아닌 게 아니라 인도 사람들은 이런 걸 확고하게 믿는 모양이다. 아득한 옛날이지만 대학생 때 내 은사 중 한 분이 1년간 인도에서 연구년을 보내고 돌아온 직후 인도철학 수업시간에 들려주신 이야기가 있다. 당시 인도에는 빈부 차이가 너무 극심해 일종의 지적 호기심으로 길거리의 한 거지에게 이런 질문을 해봤다는 것이다. "당신 이렇게 고생고생 살아가는데, 저기 저 으리으리한 저택에 사는 부자들, 높은 사람들 보면 원망스럽다는 생각 안 드세요? 비슷한 사람들끼리 단결해서 타도하고 싶다든지…" 그랬더니 그 거지가 정색을 하고 펄쩍 뛰면서 말하더라는 것이다. "예끼 여보쇼, 그런 큰일 날 소리 하지 마쇼. 저런 분들이야 다 전생에 선업을 많이 쌓아서 지금 저렇게 잘사는 것이고, 우리 같은 사람들이야 다 전생의 업보로 지금 이렇게 못사는 건데, 어쩔 수 없잖소. 지금 그걸 모르고 원망하는 마음을 품으면 그게 또 악업이 돼서 다음

생에는 이만도 못한 축생이나 버러지로 환생할지도 모르는데, 나더러 그러라는 말이요?" 그 사람의 말이 너무 진지하더라고, 그 선생님 역시 너무너무 진지하게 말씀해주셨다.

그게 정말로 그런지 어떤지, 그거야 누가 알겠는가. 행운의 총량이 정말 있는지 어떤지, 그것도 누가 알겠는가. 하지만 재미난 생각임에는 틀림없다. 어쩌면 현생의 그 행운 총량이 사람마다 엄청 다르다 해도, 그래서 원천적으로 불평등, 불공정하다고 해도, 다음 생, 그 다음 생, 또 그 다음 생, 그 모든 윤회의 생들을 다 합쳐 평균을 내보면 모든 사람의 행운이 다 엇비슷할지도 모르겠다.

이렇게 생각하든 또 달리 생각하든 어차피 짧은 한 세월 살다 갈 거, 불운을 탓하며 우거지상으로 사는 것보다야 밝은 얼굴로 사는 것이 남들 보기에도, 그리고 신이 보시기에도 훨씬 나은 것은 아닐까. 이런 이야기를 하면서 딸에게 조언해주었다. "대학에서 이런저런 면접을 하다 보니까 아무래도 밝고 명랑하고 기운차고 긍정적인 아이가 더 좋은 인상을 주더라. 긍정적인 게 부정적인 거보다는 여러모로 훨씬 더 나은 거란다."

내가 지금 왜 이런 이야기를 하고 있는 것일까? 요즘 우리나라 돌아가는 꼴을 보면 정말 답답하기가 이를 데 없다. 속된 말로 '운발'이 너무나 받쳐주지를 않는다. 하지만 국운이 그렇더라도 한탄만 하지는 말자는 거다. 우리 역사가 지금까지 지지리 궁상으로 이어져왔으니 저 행운 총량제에 따른다면 이제부터 남은 행운이 더 많을 수도 있지 않은가. 희망을 갖고 긍정적으로 살아간다면 저 높은 곳의 신께서도 좀 더 좋은 점수를 주시지 않을까. 그러니 우리 기운을 내자. 길은 아직도 미래로 뻗어 있다.

인간의 불쌍함

《인생의 구조》라는 거창한 제목으로 책을 낸 적이 있다. 거기서 나는 여러 가지 '인생의 성격'을 논하면서 그 '괴로움과 허무함'이 보편적인 것임을 재확인했다. 보편적이란, 시간과 공간을 초월해 누구 하나 예외가 없다는 말이다. 거의 신 내지 신적인 존재로 추앙받는 예수 그리스도나 석가모니 부처조차도 인간의 육신을 갖고 이 세상에서 인간의 생로병사를 겪은 한에서는 이 보편성을 벗어날 수 없었다. 특히 부처는 일체개고를 삼법인(세 가지 불변의 진리)의 하나로 제시했고, 2고, 3고, 4고, 8고, 그리고 108번뇌를 설하였으니 누구보다도 이 사실을 잘 알고 있었던 셈이며, 그리스도는 잘 알려져 있듯이 십자가에 못 박혀 피를 흘렸으니 아마도 괴로움의 극치를 자신의 온몸으로 느꼈을 것이 틀림없다.

그래서 나는 어느 글에서 "불쌍하고 불쌍하며 불쌍하고 불쌍하니 모든 이가 다 불쌍하도다!"라고 탄식을 하기도 했다. (이는 물론 저 유명한 솔로몬의 말을 패러디한 것이다.) 그렇다. 인간이란 정말이지 너무너무 불쌍한 존재다.

공자의 말을 전하는 저 유명한 《논어》와 플라톤이 쓴 저 유명한 《소크라테스의 변론》에서도 확인되듯이 보통의 인간들은 동서고금을 막론하고 대체로 '돈'과 '지위'와 '명성'이라는 가치를 좇으면서 삶이라는 것을 채워나간다. 그것을 어느 정도 성취한 사람을 우리는 '성공'이나 '출세'라는 말로 평가하기도 한다. 물론 그런 말에 해당하는 인간은 사막으로 치자면 한 줌의 모래, 바다로 치자면 한 잔의 물 정도밖에 되지 않는다. 아니, 조금은 더 되려나? 그렇다면 그런 사람들은 이 괴로움과 허무함, 그리고 불쌍함에서 예외일까? 천만의 말씀!

우리가 아는 저 정주영, 이건희 회장님의 경우를 생각해보자. 이분들은 세상이 부러워하는 천문학적인 부를 성취하였지만 그럼에도 불구하고, 우리가 잘 아는 대로, 가족 간의 다툼을 겪었고, 비참하게 자녀를 앞세우는 불행도 겪었다. 과정에서의 수많은 좌절들은 말할 것도 없다. 따져보면 세상에 드문 일도 아니겠지만 그 당사자로서야 그때그때 그것이 얼마나 큰 고통이었겠는가.

지위 내지 권력이라면 단연 대통령인데 이승만에서 박근혜 대통령까지(이하 경칭 생략) 그분들의 인생을 우리는 너무나 잘 알고 있다. 대표적인 일들 하나씩만 꼽아보아도 그 인간적인 고통의 크기가 한눈에 보인다. 이승만은 권좌에서 쫓겨나 이국땅 하와이에서 비운의 말년을 쓸쓸히 보냈고, 박정희는 부인을 흉탄에 잃고 본인도 역시 측근의 흉탄으로 생을 마감했다. 전두환과 노태우는 그 절대권력이 무색하게 감옥을 다녀왔고, 김영삼은 IMF에 경제주권을 넘기며 민주화의 모든 영광을 상실했다. 김대중은 법정에서 그리고 바다 한복판에서 죽음의 공포에 떨었으며, 노무현은 부엉이 바위에서 스스로 몸을 던졌다. 이명박은 썩어가는 4대강 소식에 할 말이 없을 것이며, 박근혜는 우리가 너무나 잘 알다시피 아버지와 어머니를 그렇게 잃었고 그것도 모자라 탄핵의 촛불로 지져졌다. 이러니 최고의 지위, 최고의 권력이라 한들, 어찌 인간으로서의 괴로움이 없겠는가.

명예, 명성, 평판, 인기라는 것도 그다지 다를 바 없다. 우리는 이른바 유명인들이 그 명성을 얻기까지 얼마나 뼈아픈 과정을 거쳐왔는지를 심심치 않게 듣고 있다. 공짜로 손쉽게 얻어지는 영광은 절대로 없다. 우리가 잘 아는 김연아만 하더라도 그 목에 영광의 금메달을 걸기까지 얼마나 많이 그 차갑고 딱딱한 얼음판 위에 엉덩방아를 찧었겠는가. 세상에 모르는 사람이 없었던 저 문희, 윤정희, 남정임도 지금 병으로 세상을 떠났거나 혹은 그 늙은 주름살과 함께 조용히 자신의 무대를 떠나 있다.

당사자가 되어보면 알 일이다. 저 쇼펜하우어의 말마따나 인생은 그리고 세상은 고통으로 가득 차 있다. 행복은 작고 적고 짧고 소극적이며 불행은 크고 많고 길고 적극적이다. 그것을 조금이라도 내 일로서 생각해보면 정말이지 너무너무 불쌍해서 억장이 무너진다. 도대체 신은 무슨 심산으로 우리 인간들에게 이토록 가혹하신지 참 알 수가 없다. (얼마 전 어떤 드라마에서 "인생은 도대체 무엇을 가르치려고 나에게 이토록 모진 일들을 겪게 하는가"라는 명대사를 접하고 크게 공감하기도 했다.) 불교에서는 업보 때문이라 하고 기독교에서는 원죄 때문이라 하지만 지금 고스란히 고통을 당하고 있는 우리 불쌍한 인간으로서야 그 사실 여부를 알 길이 없다. 그저 그냥 속수무책으로 당할 뿐이다.

　나는 철학자로서 이런 현상을 사유할 만큼 사유해봤는데, 별 뾰족한 수도 없다. 그저 한탄하거나 울 뿐, 혹은 그저 위로할 뿐. 자기 일이라면 한탄하거나 울고, 남의 일이라면 위로해주고. 그것 말고 우리 인간이 할 수 있는 것은 아무것도 없다. 아니, 기도라는 것도 하나의 실질적 현상으로 존재하던가? 신이 그 기도를 들어주시는지 어떤지, 그것도 확인할 길은 없다. 알지도 못한 채 기도해야 하니 그것도 참 딱한 노릇이다. 이래저래 모든 인간의 모든 삶은 다 불쌍하다. 이것은 나의 철학적 진리다. 무엇보다도 나의 불쌍한 삶이 그것을 알려준다. 하나를 보면 열을 안다. 산다는 것은 너 나 할 것 없이 너무나 힘든 일이다. 모든 인간들에게 동병상련의 위로를 보낸다.

이분법의 저편

철학의 역사를 공부하다 보면 일종의 묘한 이분법이 온갖 사유의 저변에 도도하게 흐르고 있음을 알게 된다. 이를테면 저 오래된 코스모스와 카오스(질서와 혼돈)를 비롯해, 존재와 무, 에피스테메와 독사(인식과 억견), 이데아와 개물, 에이도스와 휠레(형상과 질료), 에센티아와 엑시스텐티아(본질과 존재), 정신과 물체, 사유와 연장, 관념과 경험, 단순관념과 복합관념, 원인과 결과, 단자와 세계, 본체계와 현상계, 물자체와 현상, 종합판단과 분석판단, 자아와 비아, 만족과 고통(행복과 불행), 유산계급과 무산계급, 열린사회와 닫힌사회, 동적 종교와 정적 종교, 필연과 우연, 의식과 무의식, 창조와 진화, 의미와 지시체, 노예도덕과 주인도덕 … 하여간 한도 끝도 없이 많다. 이러한 이분법은 현대 프랑스 철학에서 특히 두드러지게 나타난다. 예컨대,

문명과 야만, 정상과 비정상, 중심과 주변, 시니피에와 시니피앙, 문자언어와 음성언어, 모던과 포스트모던, 숙주와 기식자 등등이 그 대표적 사례다.

저 기라성 같은 철학자들이 굳이 이러한 구별을 감행하는 데는 아마도 그만한 이유가 충분히 있을 것이다. 우선 무엇보다도 이러한 구별과 대립이 사태의 객관적 실상이라고 그들은 보았기 때문이리라. 그런데 유심히 들여다보면 이러한 구별들은 참 묘하게도 은연중에 어느 한쪽을 편들고 있음이 드러난다. 적어도 어느 한쪽에 방점이 찍히는 것을 부정할 수가 없는 것이다. 특히 현대 프랑스 철학에서는, 이러한 구별들이 곧 차별과 배제로 이어지는 현상을 부각시키면서 예를 들면 야만, 비정상, 주변, 문자언어 등을 이론적으로 변호 내지는 방어하려 한다. 그런 점에서 그들의 철학은 일종의 휴머니즘이자 윤리학으로 평가되기도 한다. 어쨌든 이러한 철학은 차별과 배제를 극복하려 한다는 점에서 좋은 것으로 받아들여졌고 또한 많은 지지자들을 확보하게 되었다.

그런데 나는 이러한 철학들이 마냥 좋기만 한 것은 아니다. 그 취지에 충분히 공감하면서도 기묘한 불편함을 함께 느끼지 않을 수가 없는 것이다. 왜냐하면 어느 쪽이든 어느 한쪽을 편든다고 하는 것은 다른 한쪽에 대한 일종의 부정과 폄하를 동반할 수가 있기 때문이다. 그런 부정은 어떤 형태로든 위험을 내포하게 된다. 아마도 가장 전형적인 사례가 무산계급을 편든 마르크스주의가 단결을 통한 혁명으로써 유산계급의 타도를 부르짖은 일일 것이다. 그것은 우리가 잘 아는 대로 세계를 두 쪽으로 갈라놓았고 20세기를 피로 물들이고 말았다. 또

본인들의 의도와 상관없이 레비스트로스의 철학은 문명을, 푸코의 철학은 정상을, 데리다의 철학은 중심을, 리오타르의 철학은 모던을, 마치 어떤 나쁜 것인 양 몰아세우고 만 측면이 없지 않다. 그것은 좀 아니라고 나는 생각한다.

소외된 요소들을 변호하고 그 이익을 대변하려는 것은 백번 좋지만, 그 반대편을 짓뭉개버리고 그 자리를 대신 '차지'하려는 것은 결국 또 다른 소외를 야기한다는 점에서 제대로 된 문제해결이 될 수는 없는 것이다.

명백한 객관적 악이 아니라면, 세상을 구성하는 모든 요소들은 함께 나란히 걸어가야 한다. 조화롭게 함께 공존하는 것이 최선인 것이다. 모든 요소들이 일괄적으로 어느 한쪽이 되는 것이 불가능하고 어차피 양쪽이 다 있을 수밖에 없는 것이 불가피한 현실이라면 양쪽은 모두 다 그 존재의미를 인정받고 사이좋게 공존하지 않으면 안 되는 것이다. 나는 그런 것을 '철학적 공화주의'라 부르고 있다.

작금의 한국사회를 돌아보면 위험천만한 이분법이 사람들을 조각조각 갈라놓고 있다. 남북이 갈라져 있고 동서가 갈라져 있다. 좌우가 갈라져 있고 상하도 갈라져 있다. 그 각각을 둘러싼 '우리'라는 껍데기는 너무나 단단하고 그 사이의 벽들은 너무나 높다. 나는 그 껍데기를, 그 벽을, '철학적 공화주의'라는 망치가 허물어주었으면 좋겠다고 생각한다. '우리'로 포장된 그 치졸한 소아의 껍데기를 깨부수고, 모두가 각자의 사정에 따라 자기 몫의 행복을 추구해가는 진정한 의미의 '인간'으로, 그 '우리'가 거듭날 수 있다면 참으로 좋지 않을까.

빛은 빛으로 어둠은 어둠으로 각자 자기 몫의 역할이 있는 것이고 불은 불대로 물은 물대로 또한 각각의 쓰임새가 따로 있는 것이다. 빛과 어둠, 불과 물은 분명히 상극이지만 그 양자는 다 필요한 것이고 따라서 충분히 공존할 수가 있는 것이다. 모두가 각자의 모습 그대로 인정되면서 조화롭게 공존하는 그런 세상을 나는 오늘도 꿈꾸고 있다.

거대파워

　한때 '거대담론'이니 '거대 이야기'니 하는 단어들이 우리의 인문 학적 공간에서 심심치 않게 들리던 때가 있었다. 아이러니하게도 그 것은 주로 그런 담론들을 비판하는 20세기 프랑스 철학자들의 입을 통해서 흘러나왔다. 이를테면 '자연의 근원은 무엇인가', '인간은 어 떤 삶을 추구해야 하는가', '신은 존재하는가', '진정한 인식은 어떻게 해서 가능한가', '언어는 세계를 반영하는가', '역사를 움직이는 것은 무엇인가' 등등 소위 철학의 대주제들, 특히 이른바 형이상학적 논의 들을 염두에 두고 한 말이리라. 그들은 어쩌면 그런 '쓸데없는 소리' 들로부터 지극히 구체적인 삶의 현실들, 예컨대 문명에 대한 야만, 중 심에 대한 주변, 동일자에 대한 타자, 정상에 대한 비정상 등의 형태 로 구별되고 차별받고 밀려나고 배제되는 그런 부분들로 사람들의 시선을 돌려놓고 싶었을 것이다. 그런 철학들은 물론 그것대로 충분한 의미가 있다. 윤리적이기도 하다. 하지만 그렇다고 소위 '거대담론'의 의미가 폄하되거나 배제된다면 그것은 그것대로 문제가 아닐 수 없다. 비록 이런 얄팍한 시대라 하더라도 누군가는 그 한켠에서 거대담론을 생산하고 유통시키지 않으면 안 된다. 이를테면 이런 것이다.

우리가 살고 있는 이 우주, 이 시공간에는 '거대파워'라 불릴 수 있는 것들이 있다. 파워란 무언가를 움직이는 힘, 어떤 변화를 일으키는 힘을 말한다. 생각해본 적이 있는가. 이를테면 우리가 살고 있는 이 세상을 만들어낸 그런 힘, 무한한 우주 끝까지 팽창하는 공간의 벌어짐, 무한한 과거에서 무한한 미래로 뻗어가는 시간의 흐름, 저 엄청난 별들을 규칙적 불규칙적으로 움직이는 힘, 지구를 자전시키고 공전시키는 힘, 지표면의 온갖 사물들을 중심으로 끌어당기는 만유인력의 힘, 파도를 출렁이게 하는 힘, 긴 겨울 끝에 새싹을 틔우게 하는 힘을 비롯해 모든 생물들을 살게 하는 힘 … 그런 힘들, 그런 것들을 생각해본 적이 있는가.

좀 차원은 달라지지만 종교의 힘 같은 것도 그런 거대파워에 속한다. "서로 사랑하라"는 예수의 말 한마디는 2천 년 넘게 무수한 사람들의 마음을 움직이고 그 발걸음을 교회로 향하게 했다. "헛된 집착을 버리고 고(苦)에서 벗어나라"는 부처의 말 한마디는 역시 2천 년 넘게 사람들의 욕심을 버리게 하고 머리를 깎게 만들었다. 또 좀 차원이 달라지지만 "만국의 노동자여 단결하라"는 마르크스의 한마디는 20세기를 혁명의 도가니로 몰아넣었고 피비린내를 풍기며 세계를 두 쪽으로 갈라놓았다. 실로 거대한 파워들이 아닐 수 없다.

나는 오늘날의 우리 시대를 움직이는 눈에 보이지 않는 거대파워를 생각해본다. 투명망토를 뒤집어 쓴 그 괴물들 중에 그 덩치가 너무나 커서 미처 감추지 못한 꼬리 한쪽이 비집어 나온 녀석이 하나 포착된다. 그것이 바로 '자본'이라는 공룡이다. (이 공룡의 심장은 욕망이라고 불리기도 한다.) 지금의 70억 인류는 통째로 이 자본의 노예가 되어 보이지도 않고 들리지도 않는 그의 명령에 따라 움직이고 있다. 그의 명령에 따라 우리는 학교를 가고 공부를 하고 취직을 하고 출퇴근을 하면서 일을 한다. 그의 장단에 놀아나면서 우리는 착실하게도 희로애락을 경험한다. 심지어 그 때문에 어떤 이는 거짓말을 하고, 도둑질을 하고, 강도짓을 하고, 횡령을 하고, 사기를 치고, 주먹질을 하고, 칼을 휘두르고, 방아쇠를 당기고, 폭탄을 터트린다. 경우에 따라서는 육해공군을 총동원해서 전쟁도 일으킨다. 이런 파워에 대해 어떻게 무심할 수가 있겠는가. 우리는 그 정체를 파악하지 않으면 안 된다. 지피지기면 백전불퇴라고, 적을 알아야만 그를 이겨낼 수 있는 길도 비로소 보이지 않겠는가.

주변을 둘러보면 이런 중요한 언어들을 '쓸데없는 소리'로 낙인찍어 주변으로 몰아내고 뻔뻔스런 얼굴로 그 자리를 차지하고 있는 정말로 쓸데없는 소리들이 넘쳐나고 있다. 거기에 거대한 자본의 음모가 개입해 있는 줄을 사람들은 잘 알지 못한다. 유심히 살펴보라. 당신의 스마트폰 속에, 당신이 지금 접속해 있는 SNS에, 인간의 건전한 이성을 마비시키고 이윽고는 온 인류를 좀비 같은 존재로 만들어 헐값으로 자본에게 팔아치울 위험한 언어들이 마치 에볼라 바이러스처럼 잠복해 있는 것이 조금은 보일지도 모른다. 나는 그런 잡동사니 언어들에 대해 감히 전쟁을 선포한다. 함께 싸워줄 지원군이 너무나 간절한 요즈음이다.

아무것도 하지 않음

'체험만큼 훌륭한 스승은 없다.' 흔히 듣는 말이지만 조금씩 나이가 들면서 이 말이 참으로 가슴에 와 닿는다. 최근에 한 가지 체험을 하면서 그 체험을 통해 제대로 배운 철학이 하나 있다. 결론부터 말하자면 그것은 '아무것도 하지 않는 것은 절대로 아무것도 아닌 것이 아니다'라는 것이다. 무슨 말장난처럼 들릴지도 모르겠지만 이 말에는 우리가 깊이 새겨야 할 철학적 의미가 숨어 있다.

최근 몇 년 동안 아무래도 좀 과로를 한 탓인지 몸에 약간의 무리가 왔다. 의사는 그냥 아무것도 하지 말고 좀 쉬라고 했다. 아무것도 하지 않는 것이 최고의 약이라는 것이다. 그래서 어쩔 수 없이 한동안 일손을 놓고 쉬어봤다. 그런데 이게 보통 일이 아니다. 일손을 놓고 얼마 지나지도 않았건만 몸이 근질근질하다고 할까, 마음이 불안불안

하다고 할까, 아무튼 머릿속에서 혹은 마음속에서 뭔가 나도 모르는 내가 어떤 일거리를 찾아 열심히 '생각'을 하고 있는 것이다. '이런! 이거 무슨 일중독인가?' 그런 생각도 들었다. 아무것도 하지 말아야 하는데 그게 잘 안 되는 것이다.

생각하는 것도 무언가를 '하는' 것이다. 우리 같은 철학자에게는 생각한다는 것이 일종의 '업무'이기도 하다. "나는 생각한다. 고로 존재한다"라는 데카르트의 말이나 "인간은 생각하는 갈대다"라는 파스칼의 말도 넓게 보면 그런 모습의 일단을 보여준다. '쳇, 이 무슨 팔자람' 하면서 나는 그 '생각'조차도 놓아보려 하지만 정말이지 그건 쉽지 않다. 보지 않고 듣지 않고 먹지 않는 것만큼이나 힘든 일이었다. 아니 어쩌면 그것은 인간의 '욕망'을 놓는 것만큼이나, 아니 어쩌면 그것보다도 더 힘든 일인지도 모르겠다.

만일 인간이 이 '아무것도 하지 않음'을 체현할 수 있다면 그것은 어떤 경지에 오르는 일이 아닐까 그런 생각이 들기도 했다. 아닌 게 아니라 《노자》에 보면 '위무위(爲無爲)'와 '무위지익(無爲之益)'이라는 말이 나온다. '아무것도 하지 않음'이라고 하는 어떤 '함'에 대해서 그는 그 높은 가치를 논하는 것이다. 텅 빈 그릇의 효용이나 수레바퀴의 빈 공간이 지니는 효용과도 연결된 제법 유명한 철학이기도 하다. 《논어》에도 '아무것도 하지 않음(無爲)'으로써 제대로 큰 정치를 한 순임금의 이야기가 나오기도 한다. '무위'가 결코 아무것도 아닌 것이 아니라 어떤 드높은 경지임을 알려주는 좋은 본보기가 된다.

물론, 세상 모든 사람들이 모든 일에 대해 뒷짐을 지고 아무것도 하지 않는다면 세상은 돌아가지 않을 것이다. 누군가는 무언가를 해야 한다. 열심히 무언가를 제대로 해야 한다. 논리적으로 보자면 이 두 가지, 즉 아무것도 하지 말아야 한다는 것과 무언가를 열심히 해야 한다는 것은 모순된다. 모순이란 동시에 성립될 수 없다는 것이다. 그러나 현실의 세계는 단순한 논리의 세계와는 다른 세계임을 알아야 한다. 현실에서는 모순인 이 두 가지가 다 필요하고 또한 다 가능할 수 있다. 간단하다. 어떤 때는 무언가를 해야 하고 어떤 때는 아무것도 하지 말아야 한다. 누군가는 무언가를 해야 하고 누군가는 아무것도 하지 말아야 한다. 이러한 경우의 수는 너무나도 많다.

지금의 나는 아무것도 하지 말아야 한다. 몸이 좀 회복된다면 나는 또 무언가를 열심히 해야 할 것이다. 남들이라고 다를 것이 없다. 해야 할 경우와 하지 말아야 할 경우를, 해야 할 일들과 하지 말아야 할 일들을 잘 살펴야 한다.

이런 철학으로 지금의 세상 돌아가는 꼬락서니를 한번 둘러본다. 해야 할 일들과 하지 말아야 할 일들이 엉망진창으로 꼬여 있다. 해야 할 사람들과 하지 말아야 할 사람들이 완전히 뒤집혀 있다. 적지 않은 국민들이 저 거들먹거리는 높으신 분들에게 이런 말을 하고 싶어 한다. 그렇게 하려면 제발 좀 아무것도 하지 말아주십사라고. 국회 같은 것은 차라리 해체해주십사라고. 이 나라의 정치도 나처럼 좀 과로한 것 같으니 한동안 아무것도 하지 말고 그냥 쉬어보는 것이 어떨까, 그런 생각이 들기도 한다.

이런, 그리고 보니 이 글을 쓴답시고 또 무언가를 하고 말았다. 발언도 일종의 병이다. 아무래도 철학자의 직업병이 아닐까 싶다. 의사 선생님, 이럴 때는 무슨 좋은 처방이 좀 없을까요?

작은 구원들

　'인생의 구조'에 관한 책을 낸 적이 있다. 그 페이지 어딘가에서 나는 우리 인간과 인생에 대해 마치 하나의 결론처럼 이런 말을 한 적이 있다. "불쌍하고 불쌍하며 불쌍하고 불쌍하니 모든 이가 다 불쌍하도다." 구약성서에 나오는 솔로몬의 말("헛되고 헛되며 헛되고 헛되나니 모든 것이 헛되도다")을 패러디한 것이지만 이 말 자체는 내 가슴 속 깊은 곳에서 우러나온 절절한 인식임을 숨기지 않겠다. 정말 그렇다. 지존인 대통령에서부터 저 서울역 지하도의 노숙자까지, 남녀노소, 있는 자 없는 자, 센 자 약한 자 가릴 것 없이 인간들이 처한 실존적 상황과 그 깊은 내면을 들여다보면 정말이지 불쌍하지 않은 인간은 단 한 명도 없다. 영문도 모르고 울면서 태어나 이 힘한 세상에서 온갖 정신적, 육체적 고초를 겪다가 좀 익숙해질 만하면 늙고 병들고 또 영문도 모르고 죽음을 맞이해야 하는 불쌍한 인간들…. 그들을 다 독여주고 싶은 이런 마음을 대자대비라는 말로 장식할 수 있을는지 그것은 잘 모르겠다.

나는 한 사람의 철학자로서 그 불쌍함의 본질을 들여다본다. 그러면 뜻밖에도 그 본질의 구조가 단순함을 발견하고 놀라게 된다. 어떻게 단순할까? 모든 것은 인간의 욕망과 그 좌절에서 비롯된다. 좌절은 인간의 절대적인 무능 내지 무력 그리고 불운에서 기인한다. 인간의 욕망이란 것은 참으로 묘하다. 그것은 내재적이고도 선천적인 원리에 해당한다. 우리 인간들은 어쩐 일인지 태어나는 그 순간부터 죽는 그 순간까지 끊임없이 무언가를 욕망하고 또 욕망한다. 아기들이 바라는 엄마의 '찌찌'에서부터 이윽고는 소위 말하는 '부귀영화(돈, 지위, 명성)'에 이르기까지 인간들이 바라는 것은 한도 끝도 없다. 그것은 참으로 다양한 변형들을 지니고 있다. 욕심, 야심, 야망, 희망, 갈망, 입지, 포부, 소원, 기대, 뜻, 꿈, 대망, 대원 … 이름들은 다양하지만 이 모든 것이 결국은 다 욕망인 것이다. 무언가를 바라고 원하는 것이다. 약간 구체적으로 말하자면 무언가를 갖고 싶고, 하고 싶고, 되고 싶어 하는 그 '싶음'이 곧 욕망인 것이다. 프로이트나 융이나 아들러나 라캉 같은 사람은 이것을 무의식의 차원에서 좀 더 전문적으로 연구하기도 했다.

그런데 우리 인간들의 이런 욕망은 삶의 과정에서 노력이나 운에 의해 성취되기도 하고 혹은 무능, 훼방, 불운에 의해 좌절되기도 한다. 대부분의 경우 성취는 어렵고 적고 작으며, 좌절은 쉽고 많고 그리고 크다. 우리의 인생에서 뜻대로 되는 일이 도대체 그 얼마이던가.

이러한 좌절들은 그때마다 우리 인간들의 잘 보이지 않는 내면에 그리고 짐작도 할 수 없는 무의식의 심연 속에 깊은 상처를 남기게 된다. 그 상처들은 깊이 웅크려 있다가 시도 때도 없이 도지고 덧나면서 불쌍한 우리 인간들을 아프게 한다. 그게 인생의 정체인 것이다.

그러나 자연은 참으로 짓궂어서 불쌍한 우리 인간들을 어르고 달래기도 한다. 언제까지나 우리를 실의와 좌절 속에 그냥 내버려두지는 않는 것이다. (물론 자연은 또 한편으로 혹독하고 잔인해서 적지 않은 인간들을 벼랑 끝으로 내몰고 끝내는 절벽 아래로 밀어버리기도 한다. 불쌍한 그들에게 사후에라도 가호와 축복이 있기를….) 아무튼 참고 견디고 버티다 보면 그 숱한 실의와 좌절과 어려움과 고충을 희석시켜줄 '뭔가 괜찮은 일'들이 생기기도 하는 것이다. 경우에 따라 우리는 그것을 행복이라는 말로 부르기도 한다. 쇼펜하우어 같은 철학자는 '예술'을 그런 행복을 위한 위로의 하나로 꼽기도 한다. 아닌 게 아니라 예술은, 이를테면 그림이나 조각 작품이나 건축이나 음악이나 노래나 무용이나 연극이나 그런 것들, 또 요즘 같으면 영화나 연극이나 드라마 같은 것들, 그런 것들이 제법 쏠쏠한 재미와 함께 잠시나마 우리의 상처를 잊게 만들어주기도 한다.

자연도 그런 것 중의 하나에서 빠트릴 수 없다. 산이나 강이나 들이나 바다 같은 데로 사람들이 나다니는 것도 그 때문이다. 맑은 공기나 물을 포함해서 자연이 지니는 아름다움은 나름의 치유력으로 상처받은 인간들의 마음을 어루만져준다. 그나마 고마운 노릇이 아닐 수 없다.

그러나 가장 효과적인 구원은 뭐니 뭐니 해도 '사람'이다. 사람의 마음이고 사람의 사랑이다. 사람의 삶의 상처에는 그만한 약이 없다. 그러나 그 약도 상처에 발라야만 비로소 약효가 스며든다. 그렇게 바르는 행위가 곧 '말'이다. 따뜻한 말 한마디가 곧 약이 되는 것이다.

최근에 우리 사회에 떠다니는 말들, 언어들을 나는 아픈 마음으로 지켜본다. 살기가 등등하다. 특히 뉴스로 전해지는 정치판의 말들을 보면 아연실색하지 않을 수 없다. 소위 SNS는 말할 것도 없다. 가뜩이나 힘겨운 세상에서 너 나 할 것 없이 불쌍한 삶을 살아가는 인간들인데 이렇게 서로 잡아먹지 못해 난리들이니 도대체 어쩌자는 말인가. 어차피 모자란, 그렇고 그런 존재가 인간들인데 누가 선이고 누가 악이란 말인가. 그 누구에게 돌멩이를 들 자격이 있다는 말인가.

증오와 저주의 언어들을 거둬들이자. 그리고 한 번쯤은 원수까지도 사랑하라던 예수의 말을 떠올리면서 진영이 다른 저편에 대해서도 한 조각쯤은 따뜻한 마음과 말을 나눠 주기로 하자. 누가 알겠는가. 어쩌면 그 끝에 용서와 화해가 이뤄지면서 나라의 안정은 물론 세계평화 같은 것도 가능해질지. 불쌍한 인간들의 불쌍한 인생에 그나마 작은 구원이 찾아올지.

인재에 대하여

최근에 가까운 한 지인으로부터 이런 이야기를 들었다. '하나의 인재가 세상에 나와 쓸모 있게 쓰이는 데는 최소한 30년이 걸린다'는 것이다. 생각해봤다. 그리고 공감했다. 물론 20대의 천재들이 불후의 업적을 세상에 남겨주는 경우들도 없지는 않다. 윤동주나 기형도, 모차르트와 슈베르트도 그런 경우에 해당할 것이다. 그러나 보통의 경우라면, 그래, 최소한 한 30년은 걸릴 것이다. 그 세월 속에는 적지 않은 비용은 말할 것도 없고, 엄청난 의지와 노력도 함께 용해되어 있을 것이다. 별의별 수많은 경험들도 쌓일 것이다. 그렇게 아주 어렵게 한 인재는 자라난다.

말이 그렇지 이 30년이라는 세월은 결코 만만한 게 아니다. 강산이 변해도 세 번이나 변하는 세월인 것이다. 그렇게 긴 세월 속에서 마치

숙성되듯이 한 사람의 인재는 겨우 자라날 수가 있는 것이다. 나는 개인적으로 주변에서 그런 인재들을 적잖이 보아왔다. 내 주변뿐만이 아니라 우리 한국사회 전체에 그런 인재들은 무수히 많다. 그들은 자원도 없는 우리 사회가 가장 소중히 아껴야 할 진정한 자산이 아닐 수 없다.

그런데 우리는 과연 이 자산을, 이 인적 자원을 제대로 관리하고 있는 것일까? 그 인재들이 과연 세상에 나와 쓸모 있게 쓰이고 있는 것일까? 혹시 아까운 유실과 낭비 혹은 허비는 없는 것일까? 근년 사회적 문제가 되어온 청년실업 문제도 그 하나의 상징일 것이다. 그러나 거시적 관점에서 보자면 문제는 그뿐만이 아니다.

우리 사회에서는 도무지 '인정(認定)'이라는 것이 없다. 30년, 40년의 세월을 거쳐 한 훌륭한 인재가 자라나더라도 그 훌륭함에 대한 인정은커녕 무시, 시기, 경계 등으로 밟거나 잘라버리는 경우가 너무나 많다. 제대로 기회를 얻지 못하는 것이다. 그 사회적 손실을 우리는 생각해본 적이나 있는 것일까?

고약한 인간들이 그 고약함을 도구 내지 무기로 삼아 기회를 얻고 권력을 장악해 훌륭한 인재들에게 바리케이드를 치는 경우도 없지 않다. 내가 아는 어떤 후배는 머리도 좋고 노력도 많이 해 유럽에서 박사학위를 받고 귀국했으나 끝내 세상을 위해 제대로 일할 기회를 얻지 못했다. 그는 실의와 좌절로 스스로 이 미운 세상을 버리고 말았다. 또 다른 한 지인은 미국의 초일류대학에서 학위를 받고 외국의 초저명대학에서 오랜 세월 교수로 활동했음에도 정작 국내에서는 일할 기회를 얻지 못하고 강원도의 한 외진 곳에서 칩거하듯 지내고 있다. 우리 사회는 지금 눈에 보이지 않는 무수한 벽들로 사람을 가로막는

'벽의 사회'가 되고 말았다.

인재에 대한 아까움 내지 안타까움은 그뿐만이 아니다. 설혹 그 인재가 제대로 그 역량을 평가받아 세상에서 활약을 했다 하더라도 그들도 언젠가는 정년을 맞거나 혹은 늙고 병들거나 혹은 사고를 당하거나 해서, 그리고 또 언젠가는 죽음을 맞이함으로 해서 더 이상 그들의 내부에 축적된 재능을 발휘할 수 없도록 되고 마는 것이다. 세월 속에서 쌓아온 모든 것이, 저 너무나도 소중한 것이 그것들로 인해 한꺼번에 초기화되고 리셋된다. 제로가 되는 것이다. 그 누구도 그들의 그 '인재성'을 그대로의 모습으로 대신할 수 없다. 재현할 수 없다. 참으로 아까운 노릇이 아닐 수 없다. 이는 자연법칙의 한 부분이라 어찌할 도리도 없다.

그나마 우리가 그 아까움을 줄일 수 있는 것은 그들로부터 그들이 그들의 세월 속에서 이룩한 바를 배우는 것이고 본받는 것이다. 그러한 노력이 아마도 우리 자신이 인재로 자라기 위한 '한 30년'에 포함될 수도 있을 것이다.

그러나 그보다도 더욱 중요한 것은, 당연한 말이지만, 그 인재들이 그들의 역량만큼 제대로 인정을 받고 기회를 얻어 세상을 위해 의미 있게 쓰일 수 있도록 알아보고 그리고 알아주는 것이다. 잘 살펴보라. 바로 당신의 가까이에 그 누군가가 없지 않을 것이다. 우리는 지금 그들을 어떤 눈으로 보고 있는 것일까? 그런 그들을 위해 코웃음 대신에 박수를, 무시나 폄하 대신에 위로와 격려를 보내도록 하자. 우리 사회에서는 그런 것도 하나의 '애국'이라고, 세상을 위한 기여라고, 그렇게 나는 말하고 싶다.

'사람'을 생각한다

2014년 한국의 풍경은 어둡다. 비단 세월호 때문만도 아니다. 윤일병 사망사건 때문만도 아니다. 줄줄이 낙마하는 공직 후보자들 때문만도 아니다. 매일매일 신문, TV, 인터넷에 올라오는 뉴스들을 보고 있노라면 한숨이 절로 나온다.

이 어둡고 칙칙한 풍경 속에서 나는 우리 사회를 덮고 있는 이 어두운 구름의 정체가 무엇인지를 생각해본다. 아니, 굳이 일부러 생각해보지 않더라도 그 답은 이미 뻔하다. 사람들도 대개는 그 답을 알고 있다. 나는 그것을 '사람의 실종', 혹은 '사람의 부실'이라고 정리해본다. 아니, 세상엔 온통 사람 천지고 그 사람들이 멀쩡하게 거리를 활보하는데 실종이고 부실이라니. 누군가는 흰 눈을 뜰지도 모르겠다. 과연 그럴까? 그 사람들이 정말로 다 사람이고 멀쩡한 걸까?

아니다. 좀 과장일지는 모르겠으나 그중에는 사람의 탈을 쓴 괴물들도 우글거린다. (뉴스와 드라마들만 보더라도 이 사실은 입증이 되고도 남음이 있다.) 나는 우리 사회가 '사람'에 대한 기대를 포기했다는 느낌을 지울 수 없다. 우선 무엇보다도 '사람'을 길러내는 것을 그 본질로 하는 학교에서부터 '사람'에 대한 관심 따위는 설 땅이 없다. 어쩌면 가정도 별반 다를 바가 없을지도 모르겠다. 사람들의 관심과 기대는 돈과 출세, 이른바 세상에서의 성공으로 모아진다. 그것만 된다면 '사람'이 아니라도 상관이 없다. 괴물이라도 아무런 상관이 없다. 사람에 대한 관심과 기대는 오히려 많은 경우 출세를 위한 걸림돌이 된다. 나는 이러한 현상들이 너무나 가슴 아프고 우려스럽다.

사람이란 가정과 학교와 사회라는 3대 교육 채널을 통해 만들어진다. 이 중 그 어느 것도 지금 제대로 기능을 하지 못하는 것이다. 가정과 학교는 사회의 영향을 벗어날 수 없다. 따라서 사회가 그 인간적 건전성을 갖지 못하면 어떤 점에서는 가정도 학교도 어쩔 수가 없다. 그러니 사회를, 엉망진창인 이 사회를 뜯어고치지 않으면 안 되는 것이다. 조금이라도 사람 같은 사람이 돈과 출세를 거머쥐도록 구조를 만들어나가지 않으면 안 되는 것이다. 그러려면 그런 사람들을 찾아내 조명해주고 칭송해야 한다. 누가? 지금은 신문과 TV와 인터넷에게 그 책임이 주어져 있다. 이제 이른바 문사철은 거의 그 기능을 상실했다. 그나마 그것들에게 무언가를 기대한다면 신문과 TV와 인터넷이 그것들을 불러줘야 한다. 그런데 이것들은 그것에 대해 인색한 편이다.

그렇다면 도대체 '사람'의 기준은 무엇일까? 이 엄청난 철학적 주제에 대한 대답은 간단하지 않지만, 나는 그 하나의 대답으로서 '사람에 대한 사람의 태도'를 제시하고 싶다. 더 간단히 말해 '사람을 함부로 대하지 않는 사람'이 '사람'의 기준인 것이다. 그렇지 않은 사람은 곧 괴물이다. 지금 우리 사회에서는 그런 의미의 괴물이 넘쳐난다. 그런 괴물들이 2014년의 이 한국사회에 어두운 먹구름을 드리우는 것이다.

그들은 사람에 대해 함부로 생각하고 함부로 말하고 함부로 행동한다. 그들의 '함부로'는 '남'을, '타인'을, '다른 사람들'을 사람으로 고려하지 않는다. 존경 따위는 아예 없고 기본적인 존중도 찾아볼 수 없다. 그래서 사람을 마구 대한다. 그래서 남이야 배와 함께 바다에 빠져 죽든 말든 내 돈만 챙기면 그만인 것이고, 그래서 내 기분만 좋다면 남에게는 욕쯤이야 말할 것도 없고, 오물을 먹여도, 파리를 먹여도, 물건을 빼앗아도, 또 죽도록 패도 그만인 것이다.

문제는 그런 것을 '악'인 줄도 모르는 가치관이다. 그런 사람들이 지금 무시 못할 세력으로 자라 우리 사회를 망가뜨리고 있다. 어떻게든 이것을 시정해보자. 그러기 위해 '사람'에 대해서 관심을 갖자. 어려서부터 사람이 되는 훈련을 시키자. 사람을 사람으로 대하는 훈련을 시키자. 역사 속에, 책 속에, 선생은 많다. "네가 대접받고 싶은 대로 남을 대하라"는 예수의 말과 "너에게 싫은 바를 남에게 행하지 말라"는 공자의 말도 바로 그런 '사람'을 만들기 위해 2천 년 넘게 펄럭이고 있던 깃발이었다.

나의 소박한 미학

내가 사는 동네에는 멋진 벚나무 가로수길이 있다. 나는 이 길을 따라 산책하기를 즐긴다. 지난 달, 만개한 벚꽃을 보며 그 길을 걷던 것은 작지 않은 행복이었다. 흩날리던 꽃보라도 너무너무 장관이었다. 이제는 그 꽃들도 흔적 없이 사라지고 가지에는 어느새 신록이 가득하다. 그것은 그것대로 나쁘지 않다. 하지만 신록이 아무리 좋은들 꽃의 아름다움에 비할 수야 있으랴. 사람들의 눈길을 보더라도 그건 명확하다. 꽃은 특별히 주목을 끌지만 신록이 따로 눈길을 끌지는 않는다.

그런데 오늘, 산책길에 눈에 동그래졌다. 이건 자연의 또 다른 선물인가? 어디서 날아왔는지는 모르겠지만, 그 벚나무 아래 마치 일부러 심어놓은 것처럼 노랑선씀바귀라는 잡초 꽃이 하나 가득 피어났다. 수십 그루 거의 모든 나무들 아래가 다 그렇다. 와우, 입가에 미소가

절로 피어났다. 쪼그려 앉아 사진도 찍었다. 나는 워낙에 잡초 꽃을 좋아한다. 민들레나 제비꽃도 사실 그런 축이다. 심지어 개망초 같은 것도 하나 가득 모여서 피어 있을 때는 메밀꽃 못지않다. 특히나 길섶에 가득 모여서 피는 봄까치꽃 같은 것은 보일 듯 말 듯 앙증맞은 크기지만 그 파랑과 하양의 조화는 여느 화초 못지않게 예쁘다. 나는 그런 것들을 하염없이 좋아한다.

그런데 한 시간쯤 산책을 즐기다가 돌아오는 길에 나는 다시 한 번 눈이 동그래졌다. 응? 그 노란 꽃들이 그 사이에 모조리 사라져버린 것이다. 옆에는 뽑아서 쌓아놓은 그야말로 풀무더기가 수북하다. 그 무더기엔 그렇게 예뻤던 조금 전의 그 노랑선씀바귀꽃들의 사체가 이미 생기를 잃고 시들어 말라간다. 저만치 보니 '잡초 제거 작업'이 아직도 진행 중이다. 상황은 즉시 이해되었다. 시의 사업인지 구의 사업인지는 모르겠으나 아마도 거리 관리와 관련된 예산을 집행 중일 것이다. 인부들은 거의 노년층이다. 그러니 무슨 복지 관련 혹은 일자리 관련 사업일지도 모르겠다.

그분들 입장에서야 말끔하게 뽑아서 일당을 받아 가면 그만이겠지만, 왜 하필 지금인가? 그대로 둔다면 적어도 한 일주일 그 꽃들이 지나는 행인들의 눈을 즐겁게 해주었을 터. 그걸 좀 기다려줄 수는 없었을까? 담당 공무원들에게는 철학자의 이런 미학이 사치일까?

비록 공무 수행일지라도 그것 역시 사람의 일임에는 틀림없다. 나는 그 담당자가 한 번쯤 현장에 나와 보고, '음, 지금은 꽃이 예쁘게 피었으니까, 시들 때까지 좀 기다렸다가 다음 주쯤 작업을 개시하면 좋겠군' 하고 생각해주면 좋겠다. 그가 사무실에 돌아가 상급자에게 그렇게 보고를 하고 상급자도 그 말에 웃으며 고개를 끄덕여준다면 그 얼마나 인간적인가. 나는 그런 공무원 사회를 기대한다.

좀 다른 이야기지만 내가 사는 동네에는 멋진 공원이 하나 있다. 그 공원은 원래 정수장이었다. 용도 폐기된 그곳을 공원으로 탈바꿈시킨 것이다. 녹슨 옛 기계들도 일부 공원의 구조물로 활용되고 있다. 나는 이 공원을 너무너무 좋아한다. 잘 꾸며진 공원도 공원이지만, 흉한 정수장을 공원으로 탈바꿈시킨 그 발상이 참으로 가상한 것이다. 모르긴 하지만, 어떤 한 공무원의 착상에서 그 일은 시작되었을 것이다. 나는 그 공원을 거닐 때마다 아내에게 "이 공원엔 그 담당 공무원의 동상을 세워줘야 한다"고 힘주어 말하곤 한다. 그건 진심이다.

일은 어차피 하는 것이지만 거기에 미학이 깃들면 그 일의 결과가 작품이 된다. 매달 월급날에 명세표를 보며 공제되는 세금액 때문에 투덜대지만, 그 세금이 그런 공무원에 의해 미학적으로 사용되어 어떤 아름다운 결과물을 만들어낸다면 나는 그 세금이 아깝지 않을 것 같다. 잡초 꽃도 꽃이다. 그러니 굳이 그 꽃을 뽑아내는 데 내가 낸 세금을 쓰지는 말았으면 좋겠다.

2 _ 들길

폐허에서

방학 동안 짬을 내어 터키와 그리스를 다녀왔다. 철학을 업으로 삼는 나 같은 사람에게는 일종의 성지순례인 셈이다. 알다시피 최초의 공식적 철학자인 탈레스가 터키 서남부의 밀레토스(고대에는 그리스의 식민도시)를 무대로 활동했고, 최고의 저명 철학자인 소크라테스, 그리고 그 후계자인 플라톤과 아리스토텔레스가 그리스의 아테네를 무대로 활동했기에, 그곳을 둘러보는 것은 지금까지 내게 하나의 숙제로 남아 있었다.

그 현장에 내 두 발을 디뎠을 때 확실한 어떤 감동이 다가왔다. 아, 이곳 어딘가를 그들도 걸어 다녔겠구나. 바로 이곳에서 철학이 (자연과 인간에 대한 지혜의 희구가) 피어났구나. 그런 감동. 어디선가 그들의 강론이 육성으로 들릴 것 같은 생생한 현장감이 있었다.

그런데 좀 묘했다. 그런 감동의 한편으로 전혀 다른 어떤 감상이 물밀 듯이 밀려온 것이다. 탈레스의 밀레토스도, 소크라테스의 아테네(특히 아고라)도 지금은 한갓 폐허로 남아 있는 것이다. 그것을 우리는 유적이라고도 부른다. 무너진 지붕, 쓰러진 기둥, 나뒹구는 초석들 ….

그뿐만이 아니다. 헤라클레이토스의 에페소스도, 그리고 철학과는 무관하지만, 고대문명이 찬란히 꽃피었던 트로이, 페르가몬, 페르게, 그리고 코린토스, 미케네, 크레타의 이라크리온 등등도 모두 다 그저 폐허였다.

7월의 뙤약볕 아래서 그 폐허의 길들을 걸으며 내게는 많은 상념들이 스쳐갔다. 무엇보다 인상적으로 가슴에 다가온 것은 이런 것이다.

이 대단한 문명들도 결국은 이런 쇠락의 길을 걸었다는 것. 인간의 것 치고 영원한 것은 없다는 것. 무상, 변전, 허무, 그리고 이른바 니힐리즘. 그런 모든 것이 곧바로 가슴에 다가온 것이다. "모든 것은 흐른다"는 헤라클레이토스의 철학도 그가 그 말을 한 그 현장에서 곧바로 이해되었다.

그런데 또 하나 묘한 것이 있었다. 그것은 저 아득한 고대의 유적에 지금과 전혀 다를 것 없는 인간들의 '삶'의 흔적이 있더라는 것이다. 거기엔 목욕탕도 있었고, 화장실도 있었고, 도서관도 있었고, 병원도 있었고, 극장과 경기장도 있었고, 그리고 당연히 길과 가게들도 있었다. 에페소스에는 심지어 유곽도 있었다. 그리고 박물관으로 옮겨진 수많은 연장들, 식기들, 장식품들 …. 지금과 전혀 다를 것 없는 인간의 '생활'이, '삶'이 거기에 있었던 것이다. 거기엔 역시 지금과 전혀 다를 것 없는 인간들의 의식주, 생로병사, 그리고 희로애락이, 그리고 사랑과 미움, 성공과 실패, 행복과 불행이 있었을 것이다.

그리고 당시의 문헌들이 알려주는 대로 거기엔 또한 권력과 재물과 명성에 대한 지향, 투쟁, 그런 것들도 있었다. 그 폐허의 규모와 화려함, 그리고 유물들의 수준(세련된 디자인과 정교함 같은 것들)은 그런 것들의 배경효과로 충분한 것이었고, 더욱이 기원전 몇 백 년, 심지어 기원전 2천 년, 3천 년 같은 까마득한 숫자는 그러한 인간들의 삶이 시공간을 초월한 어떤 보편적인 '진리'의 일부임을 여실히 알려주는 것이기도 했다.

변해버린 것 속에서 얼굴을 내민 그 변하지 않는 것들. 나는 그런 것을 때로는 '본연', 때로는 '진리'라는 말로 규정해왔다. 철학자들의 눈은 그런 '변하지 않는 것들'을 바라본다. 거기서 어떤 '의미'를 읽어 내고자 하는 것이 다름 아닌 철학자인 것이다.

나는 2천 수백 년의 세월을 건너 21세기의 한국으로 되돌아왔다. 여행을 떠나기 전의 생활이 다시금 펼쳐진다. 사람들과 세상은 여전히 일상의 욕망들과 뒤엉켜 분주하게 돌아간다. 몇 천 년 후가 될까? 언젠가는 이곳도 폐허로 남을지 모르겠다. 그때 저 먼 어떤 나라에서 여행 온 어떤 중년의 철학자는 이곳에서 무엇을 보게 될까? 그도 역시 변해버린 것과 그 속에 남은 변하지 않는 것들을 보게 될까? 미래의 그가 보게 될 그 유적 속에 지금의 우리는 과연 무엇을 남기게 될까? 아파트, TV, 자동차, 스마트폰은 그를 감동시킬까? … 다 좋지만, 위대한 철학의 전통이 무색하게 지금 온 세계를 걱정시키고 있는, 저 현재의 그리스처럼 한심한 역사의 그림자 같은 것은 남기지 말았으면 좋겠다.

자동차의 정신없는 소음 속에서 한순간 저 폐허의 고요가 그리워진
다.

자본이라는 괴물

나는 여의도 한강공원을 자주 찾는다. 이 공원에 얼마 전 '괴물' 조형물이 하나 생겼다. 아마도 한강을 배경으로 한 동명의 영화를 기념하기 위한 것이리라. 나는 개인적으로 그런 취향이 아니라 이 혐오스런 조형물을 지날 때마다 눈살을 찌푸리고는 한다. 비싼 돈을 들여 만들었을 텐데, 왜 하필이면 이것이었을까? 차라리 배용준과 최지우, 이영애와 지진희, 혹은 김수현과 전지현, 이민호와 박신혜, 혹은 송중기와 송혜교, 공유와 김고은의 동상을 세우는 것이 백배천배 낫지 않을까. 그러면 한류 관광객이라도 모여들 텐데 하는 생각이지만 담당 공무원의 생각이 다르다면 뭐 어쩔 수 없는 노릇이기는 하다.

그런데 이런 생각이 든다. 우리는 괴물의 흉측함을 더 이상 흉측한 것으로 인식하지 못하게 된 것은 아닐까. 아니, 어쩌면 저런 괴물을

미의 일종, 선의 일종, 가치의 일종으로 여기고 있는 것은 아닐까. 그런 해괴한 미학에 중독되어 있는 것은 아닐까. 이제 한 번쯤은 흑은 흑, 백은 백, 좋은 것은 좋고 나쁜 것은 나쁘고, 그렇게 있는 그대로를 인식하는 어린아이의 눈으로 되돌아가볼 필요가 있는 것은 아닐까. 그래서 어떤 교묘한 정신적 최면에서도 자유롭게 '임금님은 벌거숭이!'라고, '저것은 흉측한 괴물!'이라고 말할 필요가 있는 것은 아닐까.

63빌딩에서 한강을 내려다보면 올림픽대로와 강변북로에는 엄청난 자동차들의 질주가 눈에 들어온다. 도대체 저 움직임의 근저에 가로놓인 힘은 무엇일까? 그게 그저 단순한 가솔린의 힘만일까? 아니다. 철학자의 눈으로 보면 저것을 움직이는 힘은 '자본'이다. 저 움직임은 대부분 '돈을 향한 움직임'이다. 누가 그것을 아니라 할 수 있는가. 자본이 저 도로를 장악하고 있다. 아니, 어디 저 도로뿐인가. 온 세상이 어느 틈엔가 자본의 점령지가 되고 말았다. 세계를 움직이는 것은 바야흐로 돈이다. 그것은 어쩌면 지구의 자전과 공전을 일으키는 저 우주적인 힘보다도 더 강력한 힘으로 작용해 그 누구도 그 힘에 대해 거역할 수 없는 형국이 되고 말았다. 자본은 모든 것을 집어삼켰다. 괴물이다. 무시무시한 괴물이다.

최근에 나는 이 괴물이 소위 '인문학'을 물어뜯고 있는 참사를 목격하고 있다. 문학, 역사, 철학으로 대표되는 인문학은 취업률이 낮다는, 즉 돈을 벌지 못한다는, 다시 말해 자본에게 무익하다는 죄로 꿇어앉혀 죽음의 공포에 떨고 있다. 몇몇 대학에서는 이미 적지 않은 학과들이 폐과라는 형태로 저 괴물의 입 속으로 들어갔다. 이런 와중에 일부 인문학자들은 이른바 연구과제라는 형태로 돈을 받으며 저 괴물의 품에 들어가 희희낙락하기도 한다.

자본이라는 것이 모든 가치들을 지배하는 용상에 올라가 있다. 모든 가치들이 그의 발밑에서 숨을 죽인 채 머리를 조아린다.

인문학은 과연 그토록 쓸모없는 것인가. 잠시 그 과거와 미래를 생각해보자. 인문학이 제대로 살아 있었던 과거와 인문학이 죽어 없어진 미래를.

이른바 IT 이전의 세계가 불과 얼마 전이었던 것처럼, 인문학이 건강하게 살아 있었던 것도 불과 얼마 전이었다. 우리 사회는 아직 상대적으로 빈궁했지만 정신은 나름 풍요로웠다. 웬만한 사람들은 서정주와 김수영을 입에 올리며 먼먼 인생의 뒤안길을 돌아보았고, 바람에 눕는 풀과도 대화를 나누었고, 또 단군에서 8 · 15, 6 · 25까지 2천 수백 년의 시간이 굽이굽이 어떻게 흘러왔는지도 꿰뚫고 있었다. 어떤 젊은이들은 하이데거를 운운하며 존재와 시간을 한눈에 담기도 했고, 또 누군가는 포퍼나 프랑크푸르트의 학자들을 앞세우며 거리를 행진하기도 했다. 사람들의 시선은 제법 멀리 그리고 넓게 그리고 높은 곳을 올려다봤다. 그 눈에는 온갖 아름다운 풍경들이 비치곤 했다. 무엇보다도 그곳에는 아직 따뜻함을 간직한 '사람'이라는 것이 존재했다.

그런 인문학이 대학을 떠나고 서점을 떠나면 어떤 세상이 기다릴까? 이른바 위대한 근대를 건설한 저 과학은 기술, 산업과 손을 맞잡고 맹렬한 속도로 자본의 제국을 세상 끝까지 건설해나갈 것이다. 그것은 한강변의 저 괴물보다도 더 맹렬한 속도로 질주 혹은 폭주를 해나갈 것이다. 이정표나 등대 혹은 브레이크나 고삐 역할을 해줄 인문학도 그때는 이미 없다. 인간은 그리고 세상은 그때 도대체 어디로 향할 것인가? 사람들은 대개 자신의 삶이 영원할 것 같다는 착각 속에서 살아간다. 하지만 종말은 누구에게나 언젠가 현실이 된다. 인간과 세계는 사정이 다를까? 파멸이라는 것은 한갓 단어에 불과한 것일까? 언젠가 기회가 된다면 저 공룡이나 매머드에게, 혹은 삼엽충이나 암모나이트에게 한 번 물어봐야겠다.

'함부로' 사회

뉴스를 보고 있노라면 우리가 사는 이 인간세상은 정말이지 끝도 없는 '사건'들로 가득 차 있다는 느낌을 받게 된다. 매일매일이 그렇다 보니 이제 사람들은 웬만한 사건이 아니면 그다지 놀라지도 않는 것 같다. 아니 웬만한 사건이라 하더라도 그런 것 또한 하도 많으니 그런 강도(強度)에도 이젠 어느 정도 이골이 나 있는 것 같다.

처음 있는 일도 아니지만 나는 최근에 일어난 '윤일병 구타 사망사건'과 '김해 여고생 잔혹 살해사건'에 대해 지금까지도 치를 떨고 있다. 군이 피해자와 그 가족들의 입장이 아니더라도 이런 사건이 그 자체로 얼마나 엄청나게 '나쁜' 일인지는 사실 자명한 일이다. 그런데 이런 사건을 접하면서 특히나 가슴이 찢어지는 것은 그 가해자인 선임병들과 여중생들에게 그게 얼마나 '나쁜' 짓인가 하는 인식이 전혀 없었다는 사실이다. 그들은 도대체 어떤 사람들인가? 그리고 그들은 어떻게 해서 그러한 그들이 되고 만 것인가? 뭔가 이유가 있을 것이다. '모든 것은 그 이유를 가지고 있다'는 것은 철학이 가르쳐주는 존재의 근본법칙 중 하나가 아니었던가.

생각해보면 그들이라고 그러한 그들이 되고 싶기야 했겠는가. 어떻게 살다가보니 그러한 인간이 되고 만 것이리라. 이 '그렇게 되고 말았다'는 것에 대해서는 물론 그들 각자가 일차적으로 책임을 져야 하겠지만, 또 한편 생각해보면 그들이 그러한 인간으로 '만들어졌다'는 측면도 간과할 수 없다. 인간이란 애당초 나약하며 주변적인 사정, 여건, 상황, 특히 사람들에 의해 만들어져나가는 '가소적(可塑的) 존재'이기 때문이다. 따라서 우리는 그러한 그들을 그렇게 만든 바로 그 '주변'에 대해서도 책임을 묻지 않을 수 없다. 그 주변이란 일차적으로는 부모를 포함한 '가정'이다. 그리고 그들이 학생이고 군인인 한, 그 주변은 또한 '학교'이고 '군대'이기도 한 것이다. 가정이나 학교, 군대 같은 삶의 장소들이 정상적으로 제 기능을 한다면 거기서 그러한 범죄를 저지르는 '괴물' 내지 '악마'들이 자라날 수 없다. 우리 사회는 지금 총체적으로 뭔가 심각하게 잘못되어 있는 것이다. 옳고 그름, 좋고 나쁨에 대한 가치가 돌이킬 수 없을 정도로 망가져가는 듯한 느낌을 지울 수가 없다.

지금이라도, 그리고 무슨 수를 써서라도, 이것을 돌이켜야 한다. 그것이 조금이라도 가능하기 위해서는 원인 제공을 한 가정과 학교와 군대가, 그리고 이것들을 포함한 국가사회 전체가 그 구조를 바꿔나가지 않으면 안 된다. 우리의 삶이 원천적으로 그러한 '집단'들과 무관할 수 없다면, 우리는 어떻게든 그 '집단'을 '선(善)의 집단'으로 만들어 그것을 오히려 배움과 인간개조의 장으로 활용하는 것은 어떨까.

가정이든 학교든 군대든, 그것이 선의 집단이 될지 악의 집단이 될지는 모두 그 집단을 구성하는 '사람들'에게 달려 있다. 따라서 순진한 말 같지만, 가정이나 학교나 군대를 구성하는 사람들이 진정한 '선'에 대해 관심을 갖지 않으면 안 된다. 그게 없다면 사태는 더욱 악화될 뿐, 개선의 여지는 있을 수 없다.

그렇다면 진정한 선이란 어떤 것일까? 나는 철학자의 한 사람으로서 단언한다. '나쁘지 않은 것'만 해도 일단은 선이다. 나쁘다는 것은 그렇다면 무엇인가? 역시 나는 단언하지만, 그 핵심은 자기 아닌 타인을 '함부로' 생각하고 '함부로' 대하는 바로 그 '함부로'에 있다.

우리 사회는 지금 어느 틈엔가 걷잡을 수 없는 '함부로 사회'가 되고 말았다. 사람이 사람을 너무나 쉽게, 너무나 함부로 대하고 있다. '내가 하나면 너도 하나', '내가 열이면 남도 열'이라는 가치만이 이 '함부로병'을 치유할 수 있는 열쇠가 된다. 너를, 그리고 남을 나처럼 생각한다면 어떻게 함부로 그를 욕할 수 있고 괴롭힐 수 있고 때릴 수 있고 죽일 수 있겠는가.

"네가 남에게 대접받고자 하는 대로 남을 대접하라"는 예수의 말과 "자기에게 싫은 바를 남에게 행하지 말라"는 공자의 말도 바로 그런 '함부로병'을 염두에 둔 치유의 철학이었다. 나는 이러한 철학이 이젠 가정은 물론 학교와 군대에서도 최우선순위로 '교육'되고 '훈련'되어야 한다고 주장한다. 그곳들은 사람으로서의 기본을 배우고 성장할 수 있도록 도와주는 장소로 기능해야 한다. 그렇게 해서 학교와 군대가 '사건'의 생산처가 아닌, 진정한 의미의 '사람'의 생산처로 오히려 거듭나기를 기대해본다. 철학자의 이런 충언을 부디 함부로 흘려듣지 않기를 나는 바란다. 이대로 가면, 낭떠러지다.

동양 vs 서양

동양 대 서양? 그런 것이 지금 있기나 한가? 문득 그런 생각이 들었다.

지난해 1년간 미국 하버드대학에 방문교수로 체재하면서 나는 그곳에서 특강이라는 것을 한 적이 있다. '철학의 형성: 동양 vs 서양'이라는 타이틀을 내걸었는데 뜻밖에 여러 미국인들이 이 특강을 들으러 왔다. 나중에 느낀 바지만, 아마도 이 타이틀의 특히 후반이 그리고 내가 동양인이라는 사실이 그들의 호기심을 자극했던 것 같다. 질의 토론 시간에 한 금발의 청년이 '동양과 서양이 문화적 차이를 넘어 서로 소통하는 것이 가능한가?' 하는 취지의 질문을 해줬을 때도 나는 어렴풋이 그런 호기심을 느낄 수가 있었다. 나는 그때 '나 자신이 이미 그런 것처럼 오늘날은 사실상 서양과 동양의 구별이라는 것이 애

매해졌고 따라서 동서의 구별을 넘은 소통은 얼마든지 가능할 수 있다'는 취지의 답변을 했던 것 같다.

내 생각은 그렇다. 특히 우리 '동양' 세계에서는 더욱 그렇다. 이른바 '동양'이 거의 '서양화'된 게 부인할 수 없는 시대의 양상이기 때문이다. 지금 우리의 모습부터가 머리끝에서 발끝까지 서양인의 그것과 전혀 다를 바 없음을 생각해보라. 한복을 입고 거리에 나가면 오히려 사람들이 이상한 눈길로 쳐다본다. 그 점은 중국과 일본도 마찬가지다. 중국의 국가 주석도 일본의 소위 텐노도 서양식 양복에 넥타이를 매고 다닌다. 보이지 않는 정신 속이라고 그다지 다를 것도 없다. 우리는 이미 유치원 시절부터 서양식 커리큘럼에 따라 교육을 받으며 자라기 때문이다. 어린아이들조차 한자는 몰라도 영어는 안다. 피타고라스도 알고 뉴턴도 안다. 우리 세대만 해도 동서의 아무런 구별 없이 포스터의 노래를 학교에서 배웠고, 신사임당과 윤두서는 몰라도 고흐와 르누아르는 알고 자랐다. 사춘기의 우리 정신을 장악했던 것은 헤세의 데미안과 괴테의 베르테르였고, 암울한 역사적 상황 속에서 우리의 저항을 부추긴 것은 마르크스와 프랑크푸르트학파의 철학이었다. 조금만 깊숙이 분석해보면 우리의 안과 밖이 속속들이 서양화되어 있음을 그 누구도 쉽게 부인할 수 없다.

물론 석가모니와 공자의 영향은 무시할 수 없을 정도로 남아 있다. 하지만 그것들은 이제 우리 사회에서 그 그림자가 옅어져가고, 또 그만큼 우리가 '서양'이라 부르는 미국과 유럽에서는 그 지분을 넓혀가는 중이다. 그래서 이제 서양과 동양이라는 이 구별은 거의 무의미한 것이 되고 말았다. 인터넷과 스마트폰의 사용을 비롯해 그 증거를 대자면 한도 끝도 없다.

　하지만 나는 이 '거의'라는 말을 좀 강하게 발음하면서 사람들의 주의를 끌어보고 싶다. 그것은 아직도 '동양적인 전통'이 일부 우리에게 남아 있다는 것뿐만 아니라, 아직도 '서양화되지 않은' 혹은 '되지 못한' 부분이 엄연히 존재하기 때문이다. 그중에서도 내가 개인적으로 가장 아쉬워하는 것이 '합리성'이다. '이성'이라는 것이야말로 '서양적인 것'의 핵심이라고, 핵심 중의 핵심이라고 나는 파악한다. 바로 이 이성이라는 것이 2,600년의 세월을 거치며 우리가 알고 있는 오늘날의 서양을 만들어온 것이다. 우리가 서양으로부터 들여와야 할 수입품목 중 최우선순위가 바로 이 '이성' 내지 '합리성'이라고 나는 진단한다. 그런데 우리 사회는 이것에 별반 관심이 없어 보인다. 그리고 그 이성이 소리 높여 외쳐온 '정의'라는 것에도 별 관심이 없어 보인다. 그 결과가 지금 우리가 목격하고 있는 이 한심한 세태들인 것이다. 소위 '관피아'를 비롯한 온갖 비리들, 부정을 방조하는 이상한 제도들 …. 이젠 입에 담기에도 조금씩 지쳐간다. 무엇이 문제고 무엇을 지향해야 하는지에 대해서도 관심이 없다. 그러면서도 선진국은 되고 싶어 한다. 과연 가능할까? 나는 지금으로서는 좀 회의적이다. 그러나 희망은 버리지 않고 좀 기다려볼 참이다. 사람들이 숲과 건축에 관심을 갖고, 좋고 나쁨, 옳고 그름에 대해 관심을 갖기 시작한다면 아마 그것이 선진국으로 가는 첫걸음이 될 수 있을 것이다. 우리는 서양의 결과만을 탐하고 그 번영의 원인에는 무관심했다. 잘못 끼워진 그 첫 단추를 이제 풀어야 한다.

　모처럼 공항에 나가봤는데 오늘도 엄청난 숫자의 사람들이 그곳을 드나들고 있었다. 어디를 가고 어디를 다녀오는지…. 나는 그들이 가방 속에 화려한 면세품들을 챙겨 오는 대신, 그 머릿속에 혹은 그 가슴속에 무엇보다도 서양적인, 제대로 서양적인 저 '이성'이라는 것을 좀 챙겨 오기를 주문해본다. 언젠가 있을 제대로 된 선진국 '대한민국'을 꿈꾸면서.

오묘한 그들

한동안 외국 생활을 하느라 약간의 고독을 감수해야만 했다. 물론 현지의 이런저런 사람들과 활발하게 교류하느라 오히려 좀 바쁜 면도 있긴 했지만, 친구나 동료 등 평소에 교류가 많던 사람들과의 접촉이 아무래도 뜸했다는 말이다. 귀국해서 정신없이 한 학기가 지난 후 종강 기념 겸해서 몇몇 동료들과 저녁모임을 가졌다. 이런저런 이야기들이 오고갔다.

세월호 이야기부터 선거 이야기, 월드컵 이야기, 연금 이야기, 기타 등등 화젯거리야 여느 사람들의 여느 모임과 그다지 다를 바도 없다. 그런데 대학 선생들의 모임은 한 가지 특별한 장점이 없지 않다. 무엇보다 그것은 각자의 전공이 다른 데다 일단 그쪽 분야의 최고 권위자들이라 아무데서나 들을 수 없는 이야기들을 그야말로 아무데서나 바로 옆에서 쉽게 들을 수가 있다는 것이다.

이런저런 이야기 끝에 '자연이라는 게 참 얼마나 신비로운가' 하는 게 화제가 됐다. 그거야 우리 같은 철학자들이 가만히 있을 수 없지. '자연의 경이로움'이라는 게 사실 2,600년 전 저 그리스에서 철학이라는 것이 처음 시작된 결정적인 계기가 되었으니까. 그래서 이것저것 본의 아닌 철학사 강의를 밥상머리에서 늘어놓았다. 좀 주책없었나? 그래도 다들 재미있는 듯이 들어주었다. 그런데 마침 화학을 전공하는 S교수가 이런 이야기를 들려주었다.

식물과 동물이라는 것도 참 묘해서 그들 나름의 사고와 언어 그리고 행동이 있다는 것이다. 우리 인간들이 그것을 그들 식으로 이해하지 못할 뿐이지, '그런 건 없어'라고 단정할 수는 없다고 했다. 일례로 담배라는 식물을 보면 그 새잎이 날 때 그 독한 성분에도 불구하고 그것을 좋아하는 애벌레가 있어 맛있게 그것을 갉아 먹는 경우가 있다는 것이다. 그럴 때 이 담배는 '아, 이거 큰일 났군' 하고 생각하면서 대책을 강구한다는 것이다. 참 신기하게도 담배는 갉아 먹히고 있는 그 잎 주변에 ○○라고 하는 화학물질을 분비해서 애벌레로부터 자신을 방어하려 한다는 것이다. 그러면 애벌레인들 순순히 물러설 수는 없다. 먹지 못하면 자기가 죽게 되니까. 그래서 이 녀석은 또 자기 나름대로 담뱃잎의 그 화학물질을 무력화시키는 또 다른 화학물질 △△을 자신의 입 주변부에 분비하게 된단다. 그 공방이 예사롭지 않다. 그러면 어떻게 될까? 애벌레가 분비한 그 화학물질은 담뱃잎의 화학물질에는 대응하지만, 다른 한편으로 바로 그 화학물질을 선호해 마지않는 애벌레의 천적에게 자신의 존재를 알려 그것에게 잡아먹히게 되고, 담뱃잎은 그 제삼자를 통해 최종방어에 성공하게 된다는 것이었다.

나는 인문학자라 자연과학자의 이런 이야기가 너무나 흥미롭고 재미있었다. 마치 파브르의 곤충기를 읽던 어린 시절처럼 나는 그 이야기에 빠져들었다. 그 제삼자가 새인지 다른 곤충인지는 물어보지 못했다. 하여간 대단하다는 느낌이었다. 물론 그거야 그냥 본능적 반응인 거지, 그게 무슨 사고와 언어며 행동이냐고 반박할 수는 있다. 하지만 그게 아닌들 또 어쩌리. 자연의 세계는 어느 것 하나 시시하게 볼 수 없는 오묘한 그들 각자의 질서를 지니고 그 질서체계 속에서 움직이고 있는 것은 틀림없지 않은가. 엄청나게 치밀한 법칙들이 아프리오리하게 그 모든 것들에게 프로그래밍되어 있는 것이다. 거미나 나비, 장미나 바나나 같은 것들도 실은 인간이 갖지 못한 엄청난 능력을 하나씩은 다 갖고 있다. 우리는 그것들을 하찮게 여기지만 실은 우리는 절대로 거미처럼 실을 뽑아 집을 짓지 못하고 나비처럼 살랑살랑 날아다닐 수도 없으며 장미처럼 아름다운 향기를 뿜지도 못하고 바나나처럼 맛있는 열매를 맺지도 못하는 것이다.

그렇게 보면 자연 속의 그 어느 것 하나 시시한 것이 있을 수 없다. 그것들을 미물이라 여기는 것은 오로지 인간들의 무지에 근거한 오만은 아닐는지.

그 오만이 이젠 하늘을 찌를 듯하여 온 지구를, 아니 온 우주까지도 휘하에 두고 닥치는 대로 갑질을 하려고 한다. 자연은 인간에 대해 절대로 을이 아니다. 그래서 이제 그들도 그들 나름의 사고를 하고 그들끼리 서로 연대하여 인간에 대한 대응책을 강구하고 있는 듯하다. 무엇보다도 기후변화가 심상치 않다. 인간들은 또 나름대로 그것에 대한 대응을 하려 들겠지만 저 담뱃잎의 애벌레처럼 바로 그 대응 때문에 제삼자에게 결정적으로 당하게 될지도 모를 일이다. 그것이 신일지 또 다른 자연일지 혹은 어떤 외계인일지도 모르겠다.

그러니 인간들이여, 제발 자연이 허락하는 곳까지만 가기로 하자. 더 이상 나가면 그들도 우리를 그냥 두지는 않을 테니까.

저녁모임을 마치고 집으로 돌아오면서 나는 왠지 한국화학회의 세미나를 마치고 나오는 그런 기분이 조금 들었다. 유쾌했다. 실력은 물론 인품도 훌륭하신 그 S교수께 감사한다.

국제정치의 역학

　나처럼 순수 형이상학을 전공한 사람이 국제정치의 역학 운운하는 것은 좀 '주제넘은' 일인지도 모르겠다. 하지만 국제연맹을 탄생시킨 칸트의 경우처럼, 철학자의 이상적인 생각들이 때로는 현실에 힌트를 준 바도 적지 않으니, 아주 그 자격이 없지는 않을 듯하다.

　내가 보기에 국가와 국가의 관계는 기본적으로 역학관계다. '힘'이 국가 간의 모든 움직임들을 좌우한다. 그 힘들은 종류가 많지만 기본적으로는 '칼, 돈, 손, 붓', 즉 군사력, 경제력, 기술력, 문화력이 그 주축을 이루고 있다. 그것이 나의 철학적 통찰이다. (이른바 도덕은 저 밑바닥 어디쯤에 있다. 힘센 일본이 우리가 원하는 '도덕적 반성'을 하지 않는 것도 다 그 때문이다.)

　그런데 우리나라처럼 상대적으로 그 힘이 좀 열세일 때는 어떤 식으로든 다른 나라의 힘을 빌려서 나라의 방어와 번영을 꾀할 수밖에 없다. 논란이 많은 미군의 주둔도 그런 점에서는 우리의 불가피한 선택에 속한다. 적대적 관계인 북한이 수십 년간 집요하게 미군의 철수를 요구하는 것도 그 현실적 힘을 잘 알고 있기 때문이다.

타자의 힘을 빌리는 것, 혹은 이용하는 것, 그래서 도움을 받는 것은 결코 부끄러운 일이 아니다. 그건 개인의 삶에서도 마찬가지다. 오로지 혼자만의 힘으로 삶을 헤쳐 나갈 수 있는 인간은 이 세상 어디에도 없다. 우리는 어떤 형태로든 타인의 힘을 빌려서, 도움을 받으며 앞으로 나아가고 위로 올라가는 것이다.

우리도 이런 기본 진리를 잘 인식하고 국제관계에 임해야 한다. 우리에게는 가장 현실적인 남북관계, 한미관계, 한중관계, 한일관계가 있다. 무수한 국가적 과제들이, 결코 가벼울 수 없는 과제들이, 이 관계들 사이에 놓여 있다. 정치하는 분들이 이걸 모를 턱이 없다. 아마도 잘 대처하고 있으리라 믿어 마지않는다.

그런데 나뿐만 아니라 누구나가 가장 아쉽게 생각하는 것이 남북의 이 분단과 대치 상태다. 이것은 무엇보다 우리에게 불편한 한일관계를 생각할 때 결정적인 약점으로 작용한다. 힘의 뒷받침이 없다면 한일관계는 결코 우리가 원하는 방향으로는 풀리지 않는다. 단언하지만, 힘의 균형과 우위만이 그 유일한 해결책이다. 그런데 남북의 분단이 지속되는 한 우리는 엄청난 국가적 낭비를 계속할 수밖에 없고 그런 한에서는 우리가 원하는 한일관계는 앞으로도 절대 현실이 되지 않는다. 단언할 수 있다.

한일관계의 문제를 풀기 위해서는 남북관계를 먼저 풀어야 한다.

즉, 통일이다. 그래서 덩치를 키우고 힘을 키워야 한다. 그런데 이게 쉽지가 않으니 문제인 것이다. 우리가 남북의 협상으로 평화적인 통일을 이루는 게 난망이라면 결국은 타자의 힘을 빌려야 한다. 이때 고려해야 할 것이 한미관계와 한중관계다. 한미관계만으로 남북문제를 해결하는 것이 여의치 않다는 것은 지난 70년의 역사로 이미 어느 정도 분명해졌다. 그래서 이제 우리가 힘을 쏟아야 할 곳이 한중관계다. 여기서 우리가 눈여겨보아야 할 부분이 중일관계다. 한국과 중국은 어떤 점에서 일본이라는 공통의 (역사적, 잠재적) '적'을 가지고 있다. 그래서 손을 맞잡기가 수월한 구조인 것이다. 우리는 그 점을 활용해야 한다. 중국에게도 일본은 성가신 존재고 더욱이 만만찮은 존재다. 저들은 아마 역사적으로도 그 효력이 입증된 소위 '이이제이(以夷制夷)'를 당연히 생각할 것이다. 그럴 때 한국은 가장 적절한 파트너가 될 수 있다. 지금 중국이 한국에 대해 나름 공을 들이는 것도 절대 이런 생각과 무관할 리 없다.

다행히 지금 중국과 북한의 관계가 예전 같지 않다. 우리에게는 기회인 것이다. 이때 우리는 우리가 중국에게 큰 도움이 될 수 있다는 사실을 어필해야 한다. 그런데 중국도 현재의 한국이 일본과 맞서기에는 아직 약하다는 것을 잘 알 것이다. 우리는 그 점을 파고들어야 한다. 중국이 우리의 통일을 도와달라, 그러면 통일한국의 힘이 막강해지고 그러면 한국만으로 일본을 상대할 수 있고 중국은 이이제이를 달성할 수 있다, 속된 말로 손대지 않고 코를 풀 수 있는 것이다, 한국이 강해지더라도 중국에는 절대 위협이 되지 않는다, 그것은 지난 2천 년의 역사가 입증한다, 그렇게 설득하는 것이다. 만일 중국이 작정하고 협조한다면 남북의 통일은 뜻밖에 빨리 실현될 수 있다.

물론 여기에는 미중관계의 변수가 있다. 미국이 한중의 밀착을 반길 리 없다. (미중관계와 미일관계는 끊임없이 한중관계를 방해할 것이다.) 그런데 우리는 한미관계를 기본으로 삼을 수밖에 없다. 현재의 국제관계에서 우리가 미국의 손을 놓는 것은 불가능하다. 미국은 누가 뭐래도 '최고의 힘'이기 때문이다. 우리가 미국에 확실한 이익이 되는, 미국이 절대로 버릴 수 없는, 그런 존재가 되어야 한다. 나는 아마추어라 잘 모르겠지만, '남북의 통일을 위한 미중의 경쟁'을 부추길 수만 있다면 최선이다. 그건 정치와 외교의 몫이다. 나는 철학자로서 큰 그림을 그려봤다. 그야말로 전문가들이 모든 지혜를 총동원해 나의 이 구상을 실현시켜준다면 정말 좋겠다. 통일한국의 시민으로서 생을 마감하고 싶은 것이 내 마지막 꿈, 가장 큰 꿈이다.

작가와 작품

최근 〈도깨비〉라는 드라마가 선풍적인 인기를 끌었다. 보도를 보면 이웃 중국에서도 그 인기가 보통이 아닌 모양이다. 이른바 사드 보복인 '한한령'에도 불구하고 이루어진 성과라 이 작품의 만만치 않은 위력을 실감케 한다. 나도 이 작품을 봤다. 놀랍도록 훌륭했다.

나는 철학자의 한 사람으로 '작품'이라는 것과 그 '평가'라는 것에 철학적 관심을 갖고 있다. 내가 전공한 독일의 하이데거는 백 권이 넘는 그의 전집 첫머리를 "작품이 아니라 길들(Wege — nicht Werke)"이라는 말로 장식했다. 나는 그를 엄청나게 존경하고 좋아하지만, 이 말은 별로 마음에 들지 않는다. 그의 의도 내지 취지는 물론 이해하지만, '작품'이라는 말은 그렇게 '길'이라는 말에게 밀려서는 안 된다는 게 내 생각이기 때문이다. 나는 '두 번 이상 찾고 싶어지는' 혹은 '갖고 싶어지는' '어떤 결과물'을 작품이라고 간주한다. 그것은 일정한 '수준' 혹은 '질'을 요구한다. 그런 어떤 것은 인간의 삶에 혹은 삶의 조건인 사회에 크게 기여한다. 음악, 미술, 문학, 공연 등만이 작품이 아니다. 음식도 술도 차도 물건도 위의 조건을 충당시키는 것은 다 작품이다. (좀 다른 맥락이지만, 작품이라는 말은 자연에 대해서도 적용된다. 자연도 인간도 그리고 우주 자체도 신의 작품으로 간주될 수가 있는 것이다. 그에 대한 찬탄이 곧 철학이고 예술이었다.) 물론 그 마지막 조건은 인간의 '감성'에 의한 승인이다. '와~', '이야~', '햐~', '오우~', '크아~' 등의 반응이 자연스럽게 동반되어야 하는 것이다. 〈도깨비〉를 비롯한 김은숙의 글들이 그런 것이다. 적어도 나의 감각으로는 그녀는 거의 천재다. 그녀의 상상력이 그렇고, 그녀의 대사가 그렇다. 사람들이 열광하는 것은 당연한 일이다.

그런데 나는 사람들이 과연 이 드라마의 원천인 김은숙이라는 작가를 (그리고 이응복이라는 PD를) 얼마나 알고 있는지 그게 좀 궁금하다. 작품인 〈도깨비〉나 배우인 공유만큼 평가를 받고 있는지 어떤지, 언론에서 여론조사라도 좀 해줬으면 좋겠다. 물론 그녀는 이미 저명인사고 또 그녀의 작품이 엄청난 원고료를 받는다는 보도도 본 적이 있다. 하지만 그녀 자체에 대한 제대로 된 사회적 주목과 평가가 궁금한 것이다.

나도 개인적으로는 이 작가를 잘 모른다. (물론 내 친한 친구의 지인이라고 해서 특별한 친근감은 갖고 있다.) 하지만 그녀의 작품은 아주 잘 알고 있다. 〈파리의 연인〉, 〈시크릿 가든〉, 〈신사의 품격〉, 〈상속자들〉, 〈태양의 후예〉 … 그 바쁜 연구와 강의의 와중에도 그녀의 드라마들은 꼬박꼬박 챙겨 봤다.[1] 작가에 대한 작품의 우위랄까, 그런 묘한 현상이 있는 것이다. 작품도 작품이지만, 작가에 대한 평가도 따로 필요한 것이다.

사람들은 작품에 대해 시청률, 인기, 화제 등의 형태로 '평가'해준다. 연이은 재방송들도 그중 하나다. 높은 원고료도 당연히 그렇다. 그러나 우리는 그 작품들이 작가의 역량 없이는 원천적으로 불가능한 것임을 알아야 한다. 모든 작품은 결국 '사람'이 만든 것이다. 그러니 그 사람에 대한 평가가 필요한 것이다. 나의 이 글도 말하자면 그런 평가의 하나다. 한 젊은 드라마 작가에 대해 한 나이 든 철학자가 글을 쓰고 있다는 것 자체가 생각하기에 따라서는 엄청난 파격인 것이다.

나는 김은숙이라는 작가가 한국 현대문화의 한 아이콘으로 두고두고 기억되어야 마땅하다고 주장한다. 내가 10년 세월을 살았던 이웃 일본에는 이런 풍토가 잘 정착되어 있다. 미운 짓 많이 하는 그들이지만 그렇게 좋은 면모도 없지 않은 것이다. 그들은 대중 연예인도 어떤 경지에 오르면 문화적 영웅으로 온 사회가 떠받든다. 엔카 가수인 미소라 히바리도 배우인 아쓰미 키요시도 그런 경우다. 도공 심수관도 그런 경우다. 작가는 말할 것도 없고 문화계, 연예계에도 이런 인물은 부지기수다. 나는 김은숙도 그런 반열이라고 평가한다. 가히 훈장감이다.

---

1) 저 위대한 철학자 비트겐슈타인이 미국 서부영화로 머리를 식혔듯 나는 김은숙의 드라마로 철학적 사고의 피로를 풀었다. 이런 기회에 그녀에게 감사의 말이라도 전하고 싶다.

그런데 우리 사회의 현실은 어떤가? 김은숙은, 비록 '떴다'고는 하나, 과연 제대로 된 사회적 '평가'를 받고 있을까? 하물며 그와 비슷한 다른 사람들은 또 어떨까? 그런 능력과 노력들이 '작품'으로 인정받고 있는 걸까? 내가 알기로 그런 수많은 인재들이 아직 관심의 사각지대에서 대중들을 만나지 못하고 어두운 터널 속을 헤매기도 한다. 이제 우리는 그런 인재들을 찾아서 학맥, 인맥 따지지 말고 무대 위에 올리고 그 역량을 향유 가능하게 해주기 위해 노력해야 한다. 김은숙의 경우를 보면 우리는 이제 그런 인재들의 작품에 대해 아낌없이 감동을 하고 박수 칠 준비가 되어 있다고 생각된다. 우리의 2017년을 한동안 행복하게 해준 〈도깨비〉에게, 공유와 김고은에게, 아니 무엇보다도 그 원천인 김은숙에게 감사하자. 그리고 더 많은 김은숙들이 조명 받게 되기를 기대해보자.

노자에 대한 단상

　'오랜만에 광화문 교보에 나가 인문학 코너의 책들을 구경했는데, 좀 뜻밖에 노자에 관한 책들이 많아 흥미로웠다. 도대체 무엇이 2,500년 케케묵은 그에 대한 이런 꾸준한 관심을 유발하는 걸까? 하기야 수많은 사람들이 좋아하고 나도 좋아하는 '상선약수(上善若水, 훌륭한 선은 물과 같다)'니 '대기만성(大器晩成, 큰 그릇은 늦게 찬다)'이니 '공수신퇴(功遂身退, 공은 이루고 몸은 물러난다)'니 하는 말이 거기 나오니 그것만으로도 지적 호기심을 자극하기에는 충분하다. 한 권을 집어들고 그 책장을 넘기다 보니 아득한 40여 년 전 그걸 처음 읽으며 묘한 매력에 빠져들던 학창 시절이 아련한 추억으로 떠올랐다.

　그런데 이 책을 쓴 사람들과 사서 보는 사람들은 이 노자라는 사람을 얼마나 제대로 이해하고 있는 걸까? 내가 아는 한 이 《노자》라는 책은 절대 쉽지가 않다. 진열대의 몇 권을 대충 읽어봤더니, 해석에 논란의 여지가 있는 부분도 없지 않았다. 워낙 옛날 책인데다 그 말들도 거의 대부분 수수께끼 같아서 곧바로 그 의미가 읽히는 것은 많지 않다. 하지만 그게 기호도 암호도 아닌 이상, 그가 전달하고자 하는 '그 어떤 것'은 분명히 정해져 있을 터. 그러니 '해석은 자유'라는 말로 그것과 거리가 있는 내용이 그의 말처럼 유포되는 것은 문제가 있다. '해석의 폭'은 필요하겠지만, 일차적으로는 노자 자신의 본의에 최대한 가깝게 접근하는 것이 읽는 사람의 의무다. 그건 오직 '문맥'을 통해서만 파악된다. '말'의 문맥과 '삶'의 문맥, 두 가지 다.

서양철학적으로, 특히 해석학적으로 말하자면 쓴 '그'의 문제지평과 읽는 '나'의 문제지평을 융화시키는 '지평융화'로서의 '이해'가 필요한 것이다. 쉽게 말하자면 '나의 문제'에 견주어 '그의 문제'를 짐작하는 것이다. 그래야 올바른 이해에 도달할 수 있다. 그것은 무엇보다도 그의 말들을 어떤 진지한 혹은 절박한 물음에 대한 대답으로 간주하는 것이다. 무릇 텍스트에는 '물음과 대답의 논리'가 내재하기 때문이다. 그런 논리를 간파해서 얻어낸 이해가 맞는지 틀린지 그것은 독자의 몫이다. 해석자도 독자도, 아닌 것을 맞다고 우긴다면 어쩔 수 없다. 결국은 이성이 판정할 밖에. 해석을 가지고 죽기 살기로 싸울 필요는 없다. 해석의 정당성보다도 더 중요한 것이 사람이고 삶이니까.

그렇다면 우리의 노자 읽기에는 어떤 주의가 필요할까? 나는 일단 통찰의 미약, 균형의 부재, 시각의 협소, 확인의 소홀, 그런 것을 조심해야 한다고 느낀다. 노자를 읽을 때는 최소한 형이상학적 시선과 윤리학적 시선과 정치철학적 시선이 함께 어우러져 있어야 한다. 이 중 어느 하나에만 치우쳐 집착하면 시야가 좁아지고 엉뚱한 해석으로 빠질 위험이 있다. 내가 보기에 노자의 가장 큰 특징은 만유의 근본질서, 즉 도에 대한 통찰이라는 '이론철학'과 그것에 내재된 의미를 읽어내서 인간의 자기이해 내지 자기수양에 적용하고 세상의 통치에 참고하는 혹은 준거로 삼는 '실천철학'이 하나의 틀 안에 혼재하고 있다는 것이다. 좋게 말하면 적용, 나쁘게 말하면 비약이다. 그것을 간파해야 한다. 자연과 인간이 곧바로 연결되는 이런 철학은 흔하지 않다. 그래서 그게 매력이기도 한 것이다.

나는 그런 노자의 매력을 현대의 한국인들에게 좀 제대로 전달해줄 필요성을 느낀다. 노자의 철학은 지금도 여전히 중요하고 또한 필요하다. 중국이다, 고대다, 그런 것은 전혀 문제가 되지 않는다. 그가 말한 도도 자연도 사람도 다스림도 여전히 우리의 현실이기 때문이다. 더욱이 '도'도 '덕'도 사람들의 안중에 없는 것 또한 현실이기 때문이다. 문제인데도 불구하고 문제 삼지 않는다는 것, 그런 이중의 문제가 있는 것이다. 철학자의 말은 그런 '문제'에서 비롯된다. 노자의 말도 그런 배경에서 나온 것이었다. 그의 '말'이 갖는 그런 의미부터 이해해야 노자를 제대로 이해할 수 있다. 나는 그런 노자와의 기나긴 대화를 하나의 과제로 생각하고 있다. 인문학의 부활을 꿈꾸면서. 이 건조한 시대를 염려하면서.

국가

철학자 플라톤의 대표적인 저서 중 하나가 《국가론(*Politeia*)》이다. 거기서 그는 이상적인 국가를 논하고 있다. 그게 전통이 된 것인지 철학자들은 국가에 대해 관심이 많다. 나도 그런 편이다. 아마도 국가의 상태가 인간의 삶에 결정적인 한 요인으로 작용하기 때문일 것이다.

플라톤은 이상적인 국가를 위해 이른바 '철인정치'를 기대했다. 간략히 말하자면, '철학자가 통치자가 되거나 혹은 통치자가 철학자가 되거나 하지 않으면 인간들에게 불행이 그치지 않을 것'이라는 게 그 핵심이다. 스승 소크라테스를 죽음으로 내몬 현실정치에 대한 그의 실망이 그 바탕에 깔려 있다. 그렇다면 만일 철인정치가 실현된다면 그 내용은 어떤 걸까? 이것도 간략히 말하자면 '정의의 실현'이다. 그럼 정의의 실현은 어떻게 이루어지는 걸까? 이것도 간략히 말하자면

'국가의 각 부분들이 각각 그 덕을 구현하는 것'이다. 예컨대 통치자는 '지혜', 수호자는 '용기', 생산자는 '절제'라는 덕을 각각 실천하는 것이다.

너무 유명한 이야기라 새삼스러울 것도 없다. 그런데 실은 공자의 철학에도 이와 엇비슷한 이야기가 있다. 그는 정치(즉, 국가를 다스리는 일)의 핵심을 '정(正)', 즉 '바로잡음'이라고 단언했다("政者, 正也"). 그리고 그 내용을 "군군 신신 부부 자자(君君 臣臣 父父 子子)", 즉 "왕을 왕답게 신하를 신하답게 부모를 부모답게 자식을 자식답게 만드는 것"이라고 설명했다. 굳이 플라톤과 연결시키자면 군신부자가 각각 그 덕을 제대로 구현하는 것이다. 각각 그 이름값을 제대로 하는 것이다. 공자는 이것을 '정명(正名)'이라고 표현했다. 그러면 이상적인 국가가 실현된다는 생각이다. 대단히 흥미로운 정치철학 내지 국가론이라고 아니 할 수 없다. 나도 이런 생각을 적극 지지하는 편이다.

그런데 나는 좀 다른 방향에서 국가라는 것을 생각해본다. 나는 무엇보다도 한 국가가 건실하려면 '칼, 돈, 손, 붓'이라는 네 가지 힘을 지녀야 한다고 생각한다. 이 넷은 국가의 네 가지 초석에 해당한다. 이 초석을 튼튼히 하고 그 위에 국가라는 건축물을 세워야 굳건히 버티며 무너지지 않는다. 칼은 '군사력', 돈은 '경제력', 손은 '기술력', 붓은 '문화력'을 각각 상징한다. 이 넷이 공히 그리고 조화롭게 강해야 강한 국가가 가능해진다. 여러 평가지표들을 보면 지금 우리는 이 네 가지 모두에 있어서 제법 괜찮은 위치에 랭크돼 있다. 그러나! 저 막강한 이웃들을 생각할 때, 이 정도로 만족하면 절대 안 된다. 내가 만일 정치 지도자라면 어쨌든 '세계 제일'이라는 기치를 들고 국민을 이끌고 싶다. 그게 불가능한 이상일까? 그런 방향으로 노력하다 보면 제일은 아니더라도 적어도 '최상위 그룹'에는 다다를 수 있을 것이다. 문제는 그런 목표설정, 그런 지향이 아직 약하다는 것이다. 노력의 부족은 말할 것도 없다.

그러나 이런 이상이 그냥 꿈만으로 이루어질 턱은 없다. 실천방안이 당연히 필요하다. 나는 그런 실천방안으로 '합리성, 철저성, 도덕성, 심미성'이라는 네 가지를 제시한다. 이 네 가지는 수준 높은 국가를 건설하기 위한 네 기둥에 해당한다. 이 네 기둥이 (혹은 사면체의 기둥이) '칼, 돈, 손, 붓'이라는 저 네 초석 위에 각각 세워져야 하는 것이다. 즉, 합리적인 칼돈손붓, 철저한 칼돈손붓, 도덕적인 칼돈손붓, 심미적인 칼돈손붓, 달리 말하면 합리적인-철저한-도덕적인-심미적인 칼, 합리적인-철저한-도덕적인-심미적인 돈, 합리적인-철저한-도덕적인-심미적인 손, 합리적인-철저한-도덕적인-심미적인 붓이 추구되고 구현되어야 하는 것이다. 그러면 제대로 된, 살 만한, 수준 높은 나라가 된다. 이른바 선진국의 요체가 바로 여기에 있다.

우리나라는 규모가 작다. 특히 우리의 주변국인 미국, 중국, 러시아, 일본에 비해 터무니없이 작다. 국토도 작고 인구도 적다. 이른바 양으로는 대적할 수가 없는 것이다. 그러나! 우리는 질적으로 저들과 겨룰 수 있다. 수준을 높이는 것이다. 적어도 그런 점, 그런 면에서는 우리도 저들을 능가할 수 있다. 규모가 적당한 만큼 오히려 효율적으로 그것을 실현하기에 저들보다 더 유리할 수도 있다. 그것으로는 '세계 제일'이 얼마든지 가능할 수 있다. 질 높고 수준 높은 국가를 만드는 것이다.

  우리의 정치 지도자들은 왜 그런 방향을 보지 못하는가? 우리는 아직 합리적이지도 못하고 철저하지도 못하고 도덕적이지도 못하고 심미적이지도 못하다. 그런 방향으로 우리를 이끌어갈 철인 통치자가 너무나 간절히 기다려진다.

이성

개인적인 일이지만 어쩌다 보니 나는 삶의 적지 않은 부분을 외국에서 보냈다. 일본, 독일, 미국 등으로, 다 이른바 선진국이다. 거기서 살다 보면 아주 자연스럽게 모든 것들을 한국과 비교하게 된다. 왜? 한국은 우리의 숙명이기 때문이다. 이민이라도 떠나지 않는 한 우리는 여기서 우리의 삶을 살 수밖에 없기 때문이다. 그래서 나는 우리의 숙명인 한국이 저들과 같은 선진국이 되기를 너무나 간절히 바라곤 했다. 그건 아마 한국인 누구나의 염원이기도 할 것이다. 그러나 그 길은 아직도 한참 멀어 보인다.

우리는 아직도 너무나 많은 후진적인 문제들로 신음하고 있다. 나는 철학자의 한 사람으로서 그 문제들, 그 병폐들의 핵심을 '불합리'라고 진단한다. 그렇다면 그 처방은 이미 자명해진다. '합리성'이다.

'이성'의 기준에 합당하도록 생각하고 행동하는 것이다.

사실 이 '이성'이란 것은 이른바 '서구'의 특산품이다. '메이드 인 유럽'이다. 저들은 바로 이것으로 오늘의 번영을 이루어냈다. 우리는 그것을 도입하지 않으면 안 된다. 사실 우리가 이룩한 근대화라는 것도 곧 서구화였다. 이웃 일본은 처절한 노력으로 그것을 수행해 전 세계가 인정하는 선진화를 이룩했다. (저들은 그것을 '탈아입구[脫亞入歐, 아시아를 벗어나 유럽에 들어감]'라 불렀다.) 물론 우리의 성과도 만만치는 않다. 우리의 생활 곳곳에 그리고 아주 깊숙이 '서구'는 스며 있다. 특히, 거기서 수입된 물품들은 이제 차고도 넘친다. 그런데! 정작 가장 중요한 품목인 이성은 수입된 지가 이미 한참이건만 아직 제대로 된 판로를 찾지 못하고 창고에 쌓여 있다. 수요가 없는 것이다. 나는 이것이 지금이라도 사람들에게 인기를 끌면서 불타나게 팔려 나가기를 간절히 기대한다. 그래서 사회 모든 구석에 합리성이 뿌리내리기를 기대한다.

그것은 사실 별로 어려운 것도 아니다. 이를테면 이런 것이다. 전국 방방곡곡 어디에서나 우리는 불법 도로주차를 목격한다. 그것들로 인한 불편이 이만저만이 아니다. 그것들은 심지어 구급차나 소방차의 통행도 가로막는다. 차가 다니자고 만든 도로인데 차가 다니지를 못하는 것이다. 그런 것이 '불합리'다. 선진국들은 이것을 '합리적으로' 해결했다. 이를테면 철저한 단속은 말할 것도 없고 애당초 주차장 증명서를 가져와야만 자동차를 구입할 수가 있는 것이다. 물론 주차장을 만들려면 내 집의 일부 공간을 줄여야 하고 공용 주차장을 이용하려면 비용을 지불해야 한다. 사람들은 그게 싫은 것이다. 그러나 그 자기 욕심을 양보한다면 사회 전체가 편리해진다. 그런 게 곧 합리성이다. 자동차회사와 교통부도 그 점을 인정하지 않으면 안 된다.

또 이런 것도 있다. 기업들에게 이른바 세무조사는 곧 공포다. 그러나 탈세가 없다면 두려울 게 없다. 탈세가 자행되고 있는 것이다. 그런데 그것이 적발되면 추징금으로 더 큰 손해를 보게 된다. 적발되지 않으면 결국 소비자인 일반 국민이 손해를 보게 된다. 그런 것이 '불합리'다. 선진국들은 이것도 '합리적'으로 해결했다. 이를테면 기업 활동에 필수인 은행 대출 때 반드시 납세 실적을 요구하는 것이다. 납세 실적이 좋으면 그만큼 대출 조건도 유리해진다. 이런 것이 곧 '합리'인 것이다. 납세 실적은 그렇게 마치 훈장처럼 평생을 따라다닌다.

이런 것들이 하나둘이 아니다. 합리가 불합리보다 (혹은 정의가 부정부패보다) 유리한 경우의 수는 수백 수천이다. '건전한 이성'이 그것을 판별해준다.

그런데! 우리는 왜 그게 안 되는 걸까? 진단은 간단하다. 욕망이다. 욕심이다. 특히 사리사욕이다. '나만'이라고 하는 자기본위다. 이기주의다. ('나만주의'라고 불러도 좋다.) 바로 그게 선진사회로 가려는 우리의 발목을 잡고 있는 것이다. 타인과 전체는 안중에 없다. 그래서 그것은 추악한 것이다. 그래서 이 사회에서는 부도 권력도 존경을 받지 못한다.

단언하거니와, 사회의 합리화 없이는 선진화가 불가능하다. 그래서 나는 지켜보고 있다. 언젠가 전국의 도로에서 불법 노변주차가 사라졌을 때, 기업들이 앞 다투어 세금을 많이 내려고 할 때, 공익기부를 하려고 할 때, 그때 비로소 나는 우리 사회가 선진국이 되었음을 인정할 것이다. 아직 우리는 그 출발선에도 서지 못하고 있다.

이성이다. 이것이 열쇠다. 이 열쇠는 굳이 돈을 내고 살 필요도 없다. 우리 모두의 정신 속에 이미 깃들어 있다. "모든 사람들에게 가장 공평하게 배분되어 있는 것, 그것을 우리는 양식[즉, 이성]이라 부른다." 데카르트의 말이다. 기억해두자. 그것을 꺼내 잘 쓰는 것, 그게 지금의 이 모든 문제들을 푸는 해결책이다.

그리운 간디

원칙 없는 정치(politics without principle)

노동 없는 부(wealth without work)

양심 없는 쾌락(pleasure without conscience)

인격 없는 지식(knowledge without character)

도덕성 없는 상거래(commerce without morality)

인간성 없는 과학(science without humanity)

희생 없는 신앙(worship without sacrifice)

마하트마 간디가 1925년에 쓴《젊은 인도》라는 책에서 지적한 7가지 '사회적 악덕(social sins)'이다. 나는 그 분야의 전문가가 아니라서 당시의 인도 사회가 어떠했는지는 잘 알지 못한다. 그의 이 말이 인도 사회를 겨냥한 것인지 영국 등 서구 사회를 겨냥한 것인지도 잘 알지 못한다. 그러나 한 가지 분명한 것은 그가 이러한 '사회적 현상들'을 겨냥했다는 것이고 이것을 '악덕(사회적 죄악)'으로 규정했다는 것이다.

이런 종류의 발언들은 그 자체로서 하나의 사회적 행위인 것이고 더욱이 그 행위는 그 행위자의 도덕적 가치관 내지 삶의 방향을 반영한다. 그런데 우리는 제대로 알고 있는 것일까? 이런 종류의 발언은 어떤 머리 좋은 사람의 재치에서 우연히 나온 것이 아니라는 사실을.

이런 종류의 발언은 뼈저린 체험에서 나온 것이고 더욱이 숭고한 이상에서 나온 것이다. 그런 이중의 배경 없이는 아예 나올 수가 없는 발언인 것이다. 그 점을 생각해보면 이 말을 한 간디라는 인물이 얼마나 훌륭한지가 비로소 찬연히 드러난다. 그는 우리 인간들의 삶에서, 특히 사회적 삶에서, 정치와 부와 쾌락과 지식과 상거래와 과학과 신앙이 얼마나 중요한 것인지를 이미 꿰뚫고 있다. 그리고 그것들보다 더욱 중요한 것이 원칙과 노동과 양심과 인격과 도덕성과 인간성과 희생 같은 것임을 강조하고 있는 것이다. 이른바 '가치의 세계'다.

그런데 현실은 그렇지가 못한 것이다. 정치에서 신앙까지, 전자들은 엄연한 혹은 불가피한 현실이건만, 원칙에서 희생까지, 후자들은 그 종적을 찾을 길이 없는 것이다. 'without(없는)'이라는 단어가 그런 아픈 현실을 고스란히 담고 있다. 그런데 아는가? '없다'는 것, 이건 그냥 하나의 단어가 아니라 병인 것이다. 그것도 아주 고질병, 난치병이다. 바로 이 병으로 수많은 사람들의 삶이, 아니 사회 전체가 끔찍한 고통 속에서 허덕인다.

간디가 지적한 이 사회적 죄악들은 지금 고스란히 우리 한국의 사회적 현실이 되어 있다. '없는', '없는', '없는' … 이라는 이 단어가 너무나 아프게 들려온다. 무엇보다도 아픈 것은 지금 우리에게는 이런 경고의 목소리를 외치는 간디 같은 인물조차도, 그런 목소리조차도 없다는 사실이다. 아니, 아예 없지는 않을지도 모른다. 어쩌면 간디 못지않은 인물이 많을지도 모른다. 그러나 그들의 목소리가 사람들의 귀에 들리지를 않는다. 사람들이 들으려고도 하지 않는다. 지금 우리 사회는 총체적인 청각장애를 앓고 있다. 바야흐로 '귀 없는 세상'이다.

간디가 지적 소유권을 주장하지는 않을 테니까 나라도 그를 대신해서 외쳐보려 한다. 원칙 있는 정치, 노동 있는 부, 양심 있는 쾌락, 인격 있는 지식, 도덕성 있는 상거래, 인간성 있는 과학, 희생 있는 신앙, 그런 것을 우리는 추구하자고. 그렇게 해서 온전한 세상에서 온전한 삶을 살아보자고.

3 _ 산길

부끄러움과 자랑스러움

공교롭게도 나는 일본에 유학 중일 때 5·18 사태를 접했다. 그리고 독일에 파견 중일 때 IMF 사태를 접했다. 그리고 미국에 파견 중일 때, 한국계 학생의 거짓 폭발물 설치 신고로 인한 하버드 초유의 시험 중지 사태를 접했다. 그리고 그때와는 조금 다르지만 중국 손님을 국내에 초청해 행사를 치르고 있을 때 최순실 사태를 접했다. 하나의 공통점이 있다. 그것은 '한국'에 대한 한없는 부끄러움이었다. 한국이라는 것이, 한국인이라는 것이 그렇게 부끄러울 수가 없었다. 외국 친구들 앞에서 고개를 들 수가 없었다.

생각해보면 그런 종류의 부끄러움은 그것으로 다도 아니다. 엄청나게 많다. 그리고 그 뿌리도 깊다. 한국의 역사를 보면 그것 자체가 온통 그런 부끄러운 일들로 점철돼 있다. 너무 많아 일일이 짚어볼 수도 없지만, 비교적 가까운 일들로서는 세계의 동향을 제대로 보지 못하고 어처구니없이 일본에게 나라를 빼앗긴 저 경술국치, 그리고 아무런 의미 없이 엄청난 피만 흘린 저 6·25 민족상잔 … 그 모든 것이 다 부끄러움들이다. 핑계 없는 무덤이 없다지만, 어떤 핑계를 대더라도 그런 일들이 부끄러움 아닌 것이 되지는 않는다.

그래서다. 우리는 '이대로 좋은가'를 우리 자신에게 물어보지 않으면 안 된다. '이대로 좋다'고 한다면 답이 없지만, '이대로 좋을 턱이 없다'는 데 동의한다면 이대로 있어서는 안 된다. 우리는 그 부끄러움들을 부끄러움으로 인식하고 그것을 '고치지' 않으면 안 된다. "잘못을 하고도 고치지 않는 것, 그것이 잘못"이라고 설파한 공자를 패러디해서 말하자면, 부끄러움을 부끄러움인 줄 모르는 것, 그것이 부끄러움이다. 그렇게 부끄러움을 인식하고 인정하고 고쳐나간다면 우리는 그 부끄러움을 오히려 '자랑스러움'으로 변환시킬 수가 있다. 우리에게는 실제로 그런 자랑스러운 역사도 있다. 이를테면 '분발'과 '민주주의'도 그중 하나다.

작년에 나는 이웃 일본에 강연여행을 다녀온 적이 있다. 센다이의 도호쿠대학에서 강연을 마치고 교토의 교토대학에서 강연을 하기 위해 신칸센으로 이동하면서 초청해준 일본 학회의 멤버와 긴 차중 대화를 나누었다. 그때 나는 그 일본 친구에게 이런 말을 했다. "일본에 의한 역사의 단절이 있었던 만큼 서양철학의 수용과 연구에서 한국은 일본보다 많이 늦었다. 그러나 분발의 결과 이제는 그 격차가 좁아졌다. 부분적으로는 한국이 일본보다 앞서가는 면도 없지 않다. 우리는 그런 것을 자랑스럽게 생각한다." 아닌 게 아니라 내가 종사하는 하이데거 연구의 경우, 우리는 일본보다 먼저 전문학회를 결성했다. 학회지의 발간도 일본을 앞지른다. 작은 일부이지만 분명히 그런 면도 있는 것이다. 아니, 연예산업을 비롯해 제법 많다. 거기에 이어 나는 이런 말도 했다. "우리 한국이 일본에게 자랑할 것이 또 하나 있다. 그게 '민주주의'다. 물론 일본도 민주주의를 표방하지만 일본의 민주주의는 패전 후 승전국인 미국에 의해 선물처럼 주어진 것이었다. 그에 비해 한국의 민주주의는 한국인들 자신이 크나큰 희생을 치르며 자력으로 발전시켜온 것이다. 일본의 민주주의와 한국의 민주주의는 그 성격이 다르다." 대충 그런 취지였다. 그 일본 친구는 좀 자존심이 상했을지도 모르겠다.

하지만 사실은 사실이다. 우리는 수차례 반민주적 독재를 경험했다. 공은 공대로 인정하지만 과는 과대로 직시해야 한다. 1공 정부도 3공 정부도 5공 정부도 다 독재였다. 그러나 그런 과정에서 우리는 4·19 혁명과 부마항쟁과 5·18 및 6·10 항쟁으로 맞서왔다. 수많은 피의 희생을 치르면서다. 누가 뭐라 하든 지금 우리가 누리는 이 민주주의는 그 결과물이다. 부끄러운 역사를 극복한 결과물이다. 바로 그 부끄러움이 있었기에 이 자랑스러움도 있는 것이다.

2016년, 지금 우리는 또다시 큰 부끄러움을 경험하고 있다. 이것을 제대로 부끄러워하자. 그리고 이 부끄러움을 넘어서 가자. 그래서 이 것을 오히려 또 하나의 자랑거리로 만들어가자. 우리에게는 그런 역사가 있다. 우리에게는 그런 역량이 있다. 성숙한 사회가 미래에서 우리를 기다린다.

책이라는 물건

    내가 임원으로 활동하는 학회의 원로교수 한 분이 선집을 출간하셨다. 80이 넘었으니 아마도 생애의 업적을 총정리한 셈일 것이다. 유학 시절의 내 지도교수님도 작고하신 후 전집에 해당하는 '저작집'이 발간되었다. 내가 전공한 하이데거의 경우는 백 권이 넘는 전집이 지금도 해마다 출간 중이다. 나도 최근에 번역을 포함한 통산 20번째 책을 세상에 내놓았다. 그리고 지금 21번째의 책을 집필 중이다.

    학자들은 아마 일생을 살고 책이라는 물건을 그 흔적으로 남기는 것 같다. 언젠가 나는 내가 쓴 시집에 '존재의 기념으로'라는 부제를 단 적이 있는데, 말 그대로 그 글을 내 존재의 기념으로 삼고 싶었다. 무릇 학문이나 문필에 종사한 사람들에게는 그런 책이야말로 최적의 기념이 되어줄 것이다. 이 신비로운 '존재의 세계'에 한동안 머물렀던 기념으로 책 몇 권을 남긴다면 그건 제법 의미 있는 일임에 틀림없지 않을까.

물론 책이라는 것도 책 나름이긴 하지만, 우리 같은 인문학자들의 책은 교과서나 실용서와는 달리 '작품'이라는 의미를 띠고 있다. 그래서 그것들은 일종의 보편성과 영원성을 지닐 수가 있다. 그래서 그런 것들은 시간의 흐름과 무관하게 이 '존재의 세계'에 남게 된다. 그중의 어떤 것들은 '고전'이 된다. 무상한 우리 인간들에게는 이건, 후손을 남기는 것 못지않은, 크나큰 의미가 될 수 있다.

그런데 그 책이라는 물건은 본질적으로 '읽히기' 위해서 쓰인다. 아무도 읽지 않는 책이라면 그건 베개로 쓸 목침과 다를 바가 없다. 혹은 그저 좀 '있어' 보이기 위한 장식품에 불과할 것이다. 그래서 문제다. 요즘 이 책이라는 물건을 읽는 사람이 도통 없는 모양이다. 책은 다른 물건들과는 달리 그 안에 무궁무진한 내용이 담겨 있다. 그것이 우리의 정신을 살찌우고 인간의 격을 높여주게 된다. 그런데도 그것을 읽지 않는다면 그건 정신을 포기하고 질과 격과 수준을 포기하는 것이다. 요즘 우리 사회의 문제의 일단이 거기에 있다. 적어도 내가 보기에는 우리 사회가 총체적으로 천박화의 길로 치닫고 있다. 온통 '돈'밖에 없고, '나'밖에 없다. 돈 이외의 모든 가치들이 외면당하고 이윽고는 가차 없이 쓰레기통에 버려진다. 시커먼 욕망들이 거의 온 세상을 지배한다. 바야흐로 욕망의 천국이다. 정신적 천민들의 독재가 점점 현실이 되고 있다. 그들에게 책 따위는 아예 관심 밖이다. 이 대로가 좋다면 도리 없지만 그래도 인간이기를, 인간다운 인간이기를 기대한다면 우리는 어떤 형태로든 책을 읽고 그리고 그 인간의 내면을 가꾸어나가지 않으면 안 된다.

그저 한탄만 하고 있을 수도 없다. 사람들을 향한 '책의 유혹'도 필요해 보인다. 관심을 끌 만한 내용을 쓰지 않으면 안 되는 것이다. 책이라는 물건을 한 권이라도 써본 사람은 알지만 그건 정말이지 쉬운 일은 아니다. 작가의 영혼을 먹처럼 갈아서 쓰는 것이 책인 것이다. 아니, 그렇게 써야 비로소 책인 것이다. 그런 책을 누군가는 써야 한다.

그리고 그런 책을 우리는 알아줘야 한다. 책을 알아준다는 것은 읽어주는 것이다. 그런 사회적 풍토랄까, 분위기랄까, 환경의 조성이 절실해 보인다. 책 한 권을 쓴다면 적어도 그걸로 입에 풀칠은 할 수 있게 해주는 그런 숫자의 독자들이 있어야 한다. 참고로 이웃 일본에서는 모든 주요 일간지들의 1면 하단이 반드시 책 광고로 채워진다. 거의 불문율이다. 그들은 지금도 책을 사고 그리고 읽고 있다. 미운 짓 많이 하는 그들이지만 이런 건 정말 배울 점이 아닐 수 없다.

수요가 있는 곳에는 반드시 공급이 뒤따른다. 우수한 독자는 우수한 작가를 탄생시킨다. 이른바 독서의 계절이라는 가을이다. 그러니 한 번쯤 자기를 뒤돌아보자. 그리고 자문해보자. 나는 과연 '독자'인가? 나는 최근에 몇 권이나 책을 읽었는가? 그리고 무슨 책을 읽었는가? 나는 과연 나의 정신에, 나의 수준에, 나의 질과 격에 관심이 있는 건가? 나는 도대체 어떤 인간인가?

시베리아에서

어쩌다 보니 시베리아에 왔다. 이르쿠츠크를 거쳐 바이칼호의 올혼섬에서 저녁을 맞는다. 참 세월 좋아졌다. 한 시절 전만 해도 언감생심 꿈도 못 꾸던 러시아 땅이다. 러시아 문학을 전공한 친구가 있는터라 이야기는 많이 들었다. 또 어릴 적부터 '닥터 지바고'를 워낙 좋아해서 시베리아는 아련한 동경의 땅이기도 했다. 실망은 없었다. 끝없이 펼쳐진 초원과 타이가의 숲. 그건 한국에서는 느끼지 못했던 '대지'라는 말을 실감케 했다. 창밖으론 지금 쏟아질 것 같은 별들도 한가득 눈에 들어온다. '하늘'이라는 말도, '우주'라는 말도 여기서는 제대로 실감이 난다.

도대체 무엇이 나를 이토록 설레게 하고, 들뜨게 하는 걸까? 도대체 무엇이 이토록 신선한 느낌을 주는 걸까? 어쩌면 이 광활함, 단순함, 청결함 때문인지도 모르겠다. 물론 저 전나무와 자작나무들의 때 맞춘 진노랑 단풍은 덤일 것이다. 적어도 나의 감각에는 이 시베리아 가 너무나 아름답다. 이르쿠츠크에서 잠시 목격했던 저 러시아 특유 의 건축물들, 특히 그 양파 모양의 지붕들도 거기에 한몫한다. 예쁜 목조 주택과 통나무집들도 빠질 수는 없다.

그러나 그런 것 때문만은 아닐지도 모른다. 아주 자연스럽게, 떠나 온 저 한국이 이곳과 대비된다. 저기 남쪽엔 우리의 너무나 복잡한 삶 이 있다. 너무나 치열한 삶이 있다. 그동안 우리는 정말 너무나 정신 없이 살아왔고 지금도 여전히 너무나 정신없이 살고 있다. 불과 한 세 기 전 우리는 못난 조상들 때문에 일본에게 나라를 잃었고, 수탈, 징 병, 징용, 위안부, 그리고 독립투쟁 등 엄청난 희생을 치르며 그 치욕 의 역사를 통과했다. 미국 덕분에 간신히 독립을 얻었지만 곧바로 조 국은 분단되었고 말도 안 되는 동족상잔의 전쟁을 치렀다. 가늠조차 할 수 없는 비극만을 남긴 채 아무것도 얻은 것 없이 전쟁은 원점으로 되돌아가 끝이 났다. 우리는 그 전쟁의 폐허 위에서 죽기 살기로 몸부 림쳤다. 그 과정에서 저 4 · 19, 5 · 16, 10 · 26, 12 · 12, 5 · 18, 6 · 29 등도 경험했다. 그 과정에서 말할 수 없는 희생이 제물로 바쳐졌 다. 참으로 아픈 역사가 아닐 수 없다. 그 와중에서 우리는 올림픽과 월드컵도 치러냈고 착실히 민주주의를 발전시키기도 했고 이른바 한 강의 기적이라는 경제적 발전도 이룩했다. 세계 최빈국에서 선진국의 문턱에까지 도달한 것이다. 말이 그렇지 그게 어디 쉬운 일인가. 그중 에서도 몇몇 분야는 세계 최고를 자랑하기도 한다. 이곳 이르쿠츠크 의 최고급 쇼핑몰에도 '삼성'은 자랑스럽게 그 한 칸을 차지하고 있었고 거리엔 현대를 비롯한 한국 차들이 역시 자랑스럽게 거리를 질주하고 있었다. 정말로 우리는 엄청난 것들을 이루며 정신없이 달려온 것이다.

그런데 그 과정에서 우리는 또한 많은 것을 잃어버리기도 했다. 무엇보다도 '자연'이다. 이른바 개발의 과정에서 우리는 많은 들판을 잃어버렸고, 산도 잘려나갔고 개펄도 사라졌다. 강과 바다의 물도 당연히 더러워졌다. (우리 집 앞의 한강과 이곳 앙가라강의 물은 달라도 너무 다르다. 바이칼의 물은 말할 것도 없다.) 그림같이 아름다웠던 백사장들도 점점 구경하기가 어려워져간다. 도시의 숲들은 아직도 턱없이 모자란다.

그리고 또 잃어버린 것이 '사람'이다. '아니, 사람이 왜?'라고 이의를 제기할지 모르겠지만, 사람이라고 다 사람이 아닌 것이다. 거리를 오가는 우리의 눈빛을 보고 표정을 보라. 우리는 지쳐 있거나 화나 있거나 실망해 있다. 좀 살벌하다. 거기에 조금 성취한 자들은 오만하기가 이를 데 없다. 갑질은 도처에서 횡행한다. 부정과 부패도 넘쳐난다. 좀 과장하자면 그건 사람의 모습이 아닌 것이다. 숨 막히는 경쟁의 과정에서 우리는 사람으로서의 순박함을, 그리고 인간다움을 내다버린 것이다.

우리가 잃어버린 그 많은 것들이 이곳 시베리아에는 아직도 좀 남아 있다. 자연은 깨끗하고 사람은 순박하다. 거기다 크기까지 하다. 이것을 우리는 거울로 삼자. 잃어버린 과거를 비추어 보는 거울로 말이다.

누구에게나 쉽게 가능한 일은 아니겠지만, 살다가 한 번쯤은 이곳 시베리아에 와서 그동안의 치열함을 잠시 잊고서, 그 살벌한 표정도 벗어놓고서, 맛있는 보르쉬(Борщ) 수프라도 먹으며 잃어버렸던 인간의 미소를 되찾아보자고 권하고 싶다.

지식의 소비

최근 한 가까운 친구에게 이런 이야기를 들었다. 우리나라 최고의
지식인 중 하나로 손꼽히는 모 명사가 모 최고 명문대학에 초청되어
강연을 했는데 학생들이 영 집중을 하지 않고 분위기가 어수선해 엄
청나게 자존심 상해하더라는 것이다. 그 친구는 그 명사와 아주 가까
운 사이다. 그 이야기를 들으면서 문득 이런 생각이 들었다. 그렇게
유명한 그분이 그렇게 유명한 그 대학에서 한 강연이 그럴 지경이라
면, 이 사실 자체가 하나의 사회적 현상을 보여주고 있는 것은 아닐까
하는 그런 생각.

우리가 대학생이었던 1970년대만 하더라도 그런 자리라면 아마 호
기심 때문에라도 분위기는 진지했을 것이다. 나만 하더라도 대학 시
절 양주동 선생의 강연을 숨죽인 채 들었던 기억이 40년이 지난 지금

까지도 생생하게 남아 있다. 그런데 지금 그게 그렇지 않다면 그 이유는 도대체 무엇일까? 나는 그 친구에게 이렇게 말했다. "그건 단순히 그 양반의 강연 수준이나 그 대학 학생들의 수준과는 별개로, 우리 시대의 '지식'이, 그 '지식의 소비자'가, 그 지식과 소비의 양태가 크게 변화하고 있다는 한 증거가 아닐까. 한때 유행했던 무슨 '파워 시프트'처럼 일종의 '날리지 시프트(knowledge shift, 지식 이동)'가 이루어지고 있는 건 아닐까." 그 순간 그 친구의 눈빛이 반짝 하고 흔들리는 게 느껴졌다.

그렇다. 나는 여러 경로에서 그것을 몸으로 느끼고 있다. 우리 세대가 경모해 마지않았던 저 인문학적, 사회과학적 지식들이 지금 거의 세상의 시선에서 비껴나 있는 것을 우리는 부인할 수 없다. 내가 전공하는 철학이 대표적인 사례다. 요즘 누가 소크라테스, 플라톤, 아리스토텔레스에, 아우구스티누스, 토마스에, 베이컨, 데카르트에, 칸트, 헤겔에, 무엇보다 그들의 주제에 관심을 기울이는가. 1980년대의 지식계를 휩쓸었던 저 프랑크푸르트학파도, 1990년대를 장악했던 저 포스트구조주의도 지금은 거의 존재감이 없다. 그것을 전공한 이들의 소규모 그룹에서, '그들만의 잔치'로, 마치 찻잔 속의 태풍처럼 간신히 그 명맥을 유지할 따름이다. 내가 전공한 하이데거도 별반 다를 것이 없다. 하기야 나만 해도 속속 발간되고 있는 하이데거 전집의 새로운 내용들에 대해 솔직히 그다지 큰 흥미를 느끼지 못하고 있으니, 뭐 탓할 수도 없다.

그렇다면 그 지식들이 채우고 있던 그 자리를 지금은 무엇이 메꾸고 있는 것일까? 모 포털의 이른바 '지식인' 사이트가 상징하듯이 지극히 구체적이고 실용적인 생활주변 지식들이 그 한 축을 이루고 있는 것은 분명해 보인다. 물론 이른바 '베스트셀러'라는 형태로 전통적 서적들이 소비되고 있기는 하나, 그 내용들을 들여다보면 실망과 배신을 느끼게 하는 것들이 태반이다. '인간'과 '세계', 그리고 '삶'의 수준을 끌어올려줄 진지한 지식들은 찾아보기가 결코 쉽지 않다. 많은 것들이 표피적이고 아무래도 좋고 심지어 천박하기까지 하다. 이른바 SNS라는 세계에 떠돌아다니는 지식들이 그렇다. 지식 자체는 물론, 지식 소비자도, 그 소비의 양태도, 목적도 다 변한 것이다.

물론 그런 캐주얼한 지식의 예찬론자도 적지 않다. 그 뿌리는 아마 저 포스트모더니즘의 이른바 '거대담론 내지 거대 이야기의 부정'에까지 닿아 있을 것이다. 그러나 나는 솔직히 좀 걱정이다. 이런 식으로 흘러간다면 앞으로 인간들은 도대체 어떤 모습이 될 것이며 세상은 도대체 어떤 모습으로 변할 것인가. '발전'이라는 말은 터무니없다. 그것은 일종의 사탕발림이다. 지금 지식 소비자들은 알게 모르게, 더러는 광고에 넘어가, 더러는 재미에 낚여, 혹은 자본의 마수에 걸려, 천박화의 지하계단을 내려가고 있다.

지식의 한 특수형태인 '이야기'의 세계도 사정은 비슷하다. 그 대표적 양식이었던 '소설'은 지금 급격히 '영화'나 '드라마'라는 형태로 변하고 있다. 물론 그것은 좋은 것이다. 그러나 중요한 것은 그 콘텐츠다. 그 질이 담보되지 않는 게 문제인 것이다. 천문학적인 돈을 처들이는 할리우드의 영화들 중에, 그리고 이른바 천만 관객을 동원한 한국 영화들 중에, 시청률 높은 드라마들(특히 악마적인 막장드라마들) 중에 깊은 감동으로 길이 남을 이야기들이 도대체 몇 편이나 되는가.

두 번 세 번 거듭해서 보고 싶은 그런 '작품'들이 도대체 어디 있는가. 기술과 자극이 그리고 인기가 '질'과 '수준'을 담보하지는 않는다.

나는 20세기의 지적 토양에서 자라난 한 그루의 나무로서 내 나름의 광합성을 하면서 푸른 잎을 키우고 산소를 뿜어낸다. 하지만 그 산소로서 사람들의 영혼을 정화시키기에는 이 시대의 대기가 너무 탁하다. 천박한 지식의 미세먼지가 너무나 자욱한 것이다. 그래서 소비자들의 눈에 나의 지식이 가 닿지를 않는다.

물론 1970년대의 지성이 지금 그대로 통할 수는 없다. 지식은 그 소비자들을 고려하면서 끊임없이 새로운 형태를 모색해나가야 한다. 그러나 결코 그 질을 포기해서는 안 된다. 재미있게 부담 없이 즐길 수 있는, 그러나 넓이가 있고 깊이가 있는, 감동이 있고 배움이 있는, 그런 지식들을 우리는 개발해나가지 않으면 안 된다.

그런 지식들이 재대로 개발되어 지식 시장에 유통되고 진열되고 소비된다면, 아마 그 명사의 자존심을 상하게 했던 그 명문대학의 학생들도 흥미를 갖고 그리고 나름의 지적 풍요를 얻게 되지 않을까 기대해본다. 책이든 기사든, 강의든 강연이든, 영화든 드라마든, 그 형태는 물론 많을수록 좋다.

부탁합니다

    아주 친한 친구 하나가 이달을 끝으로 정년퇴직을 한다고 한다. 나도 몇 년 후에는 같은 신세가 된다. 생각해보니 그 친구도 나도 정말 수고가 많았다. 사실이 그러니 이런 자평도 별로 쑥스러운 말은 아니다. 어디 우리만 그런가. 이 시대의 모든 이들이 실로 엄청난 수고를 하며 인생을 살아왔다. 〈백세인생〉이라는 노래가 요즘 크게 유행이라니, 그게 정말이라면 퇴직 후에도 우리는 한참을 더 살게 될지도 모르겠다. 30년? 혹은 40년? 짧지 않은 세월이니 그것도 이젠 좀 본격적인 인생의 일부로 고려를 해봐야 할 것 같다. 지금까지 수고랄까 고생이랄까, 아무튼 여러 가지로 힘들게 살아왔으니 남은 노후는 좀 힘들지 않게, 편하게, 즐겁게, 만족스럽게, 행복 속에서 살 수 있다면 좋겠다. 그래서 이런 희망사항들을 (지극히 인간적인, 그러나 지극히 실질적인 소망들을) 닥치는 대로 한번 나열해보고 싶은 생각이 들었다. 하느님이든 조상님이든 나라님이든, '만일 하실 수 있거든' 좀 들어주시면 좋겠다.

1. 제발 좀 남북통일이 됐으면 좋겠다.
2. 정치하는 사람들이 제발 좀 제대로 나라 걱정, 국민 걱정을 해줬으면 좋겠다.
3. 미중러일에 치이지 않는 강하고 부유한 나라가 됐으면 좋겠다.
4. 아니, 그 이전에, 사회 구석구석 좀 합리적인(이성이 지배하는) 세상이 됐으면 좋겠다.
5. 사람도, 환경도(특히 강물도) 좀 깨끗해졌으면 좋겠다.
6. 모든 것이 좀 더 고급스러워졌으면 좋겠다. (총체적인 저급함에 이젠 지칠 만큼 지쳤다.)
7. 사람들이 서로 좀 용서하고 사이좋고 사랑했으면 좋겠다.
8. 아니, 그 이전에, 무시하고 함부로 하고 싸우고 해치지 않았으면 좋겠다.
9. 실업, 빈곤, 그리고 연포, 결포, 출포의 문제가 해결됐으면 좋겠다.
10. 고질적인 동서, 남북, 상하, 좌우의 분열과 다툼이 없어졌으면 좋겠다.

그렇다고 내가 뭐 이렇게 대단한 것만 바라는 것은 또 아니다. 이런 것도 있다.

11. 모든 자동차가 전기차나 수소차로 바뀌었으면 좋겠다.

12. 모든 도시에 꽃과 나무와 숲이 공존했으면 좋겠다.

13. 제대로 작품 같은, 재미있고 유익한 영화, 드라마들이 많이 만들어졌으면 좋겠다. (막장드라마는 퇴출!)

14. 스포츠 뉴스를 문화 뉴스로 대체했으면 좋겠다.

15. 인간들이 백해무익한 SNS에서 해방되어 서로 얼굴을 마주하는 '대면세계'로 되돌아오면 좋겠다.

16. 우리나라가 바이오 의약 분야에서 세계 최고가 됐으면 좋겠다.

17. 도시 거리에는 유럽처럼 아름다운 노면전차가 다녔으면 좋겠다.

18. 건축허가 때는 반드시 미학 심사가 있어서 아름다운 건물들이 많이 세워졌으면 좋겠다.

19. 학교에서 문학, 음악, 미술, 체육 교육이 제대로 이루어졌으면 좋겠다.

20. 세계 최고 수준의 이공계 대학들이 많아졌으면 좋겠다.

극히 일부지만, 늘어놓고 보니 밥상머리에서 아내와 늘상 하던 이야기들이다. 적어도 나에게는 이런 것이 간절한 소망들이다. 건강이나 자식 걱정이야 너무 기본이니까 새삼 말할 것도 없다. 적어도 이런 것들이 이루어진 세상에서 인생 3막을 살았으면 좋겠다. 내친김에 마지막으로 한 가지만 더 추가하기로 하자.

21. 우리 동네에, 사라져버린 그 맛있는 빵집과 식당이 다시 들어왔으면 좋겠다.

거절과 위로

너무 가깝고 너무 흔하고 너무 뻔해서 주목받지 못하는 것들 중에 오히려 너무너무 중요한 것들, 결정적으로 중요한 것들이 많다. 땅이나 물이나 불이나 공기 같은 것들을 생각해보라. 존재 자체, 삼라만상을 비롯해 그런 것들은 한도 끝도 없다. 철학은 그런 것들을 새삼스럽게 조명해 그 숨어 있던 가치를 드러낸다. 나도 철학자의 한 사람으로서 오랜 세월 그런 일들을 나름 열심히 수행해왔다. 거짓말, 도둑질, 폭력, 살인, 그런 짓을 하지 말아야 한다는 것도 다 그런 것이다. 존중하라, 용서하라, 사랑하라, 그런 것들도 마찬가지다. 나는 그런 사실들을 망설임 없이 '진리'로 규정해왔다. (내가 쓴 《진리 갤러리》도 말하자면 그런 진리 단편집이다.) 물론, 요즘 사람들은 그런 언어에 별로 귀를 기울이지 않는다. 그래도, 그렇지만, 그럼에도 불구하고, 이런 진리는 끊임없이, 줄기차게, 영원히 누군가에 의해서 설파되어야 한다는 것이 나의 생각이다. 그래서 나는 지금도 그런 진리들의 끈을 놓지 않는다.

그런 이야기들 중의 하나를 해보려 한다. 단적으로 '우리 인간들의 삶은 끝없는 거절들로 점철된다'는 진리다. 이를 '거절의 보편성'이라 불러도 좋다.

그렇다. 생각해보면 우리는 태어나면서부터 철학적인 의미에서의 '거절'을 경험한다. 어쩌면 우리 모든 인간은 이 고생스러운 인간세상에 태어나 이 고생스러운 인생살이를 하고 싶지 않았는지도 모른다. (출생 시의 울음이 이를 상징한다.) 그런데도 불구하고 우리 모두는 그런(태어나고 싶지 않다는) 희망에 반해 '태어나고 만' 것이다. 그렇게 보면, 출생 자체가 일종의 거절인 셈이다. 그 이후는 어떤가. 거절은 절대로 우리를 떠나는 일 없이 걸핏하면 우리를 찾아와 우리를 괴롭힌다. (물론 거절은, 내가 기회 있을 때마다 강조해온 대로, 우리 인간의 삶의 대원리 중 하나인 '욕망' 내지 '욕구'에 대한 거절이다. 즉, 바라는 것을 들어주지 않는 것이다. 바라는 대로 되지 않는 것이다. 그래서 거절은 욕망의 좌절과 다르지 않다.)

이를테면 엄마가 바빠서 제때 기저귀를 갈아주지 않는 것도, 젖을 먹여주지 않는 것도 일종의 거절이다. 아빠가 바빠서 같이 있어주지 않는 것도 일종의 거절이다. 친구들이 놀아주지 않고 나를 따돌리는 것도 거절이다. 내가 바라는 대로 되지 않는 것은 다 거절인 것이다. 우리들의 지극히 구체적인 실제 인생역정을 되돌아보자. 우리는 실로 얼마나 많은 거절들을 당해왔던가. 학교에서, 하고 싶은 1등을 하지 못한 것도, 반장이 되지 못한 것도 거절이었다. 선생님의 관심을 받지 못한 것도 거절이었다. 내가 그린 그림이 교실 뒤 게시판에 내걸리지 못한 것도 거절이었다. 경시대회에서 혹은 달리기에서 아깝게 우승을 놓친 것도 거절이었다. 만화를 빌려 보고 싶은데 엄마가 돈을 주지 않는 것도 거절이었다. 그렇게 거절은 조금씩 본격화된다. 중학생쯤이 되면 이런 거절들의 빈도와 크기가 달라진다. 입학시험에 떨어지는 거절도 있다. 그 아픔은 제법 크다. '그녀' 혹은 '그'에게 보낸 연서의 답을 받지 못하는 거절도 있다. 그런 건 때로 식음을 전폐하게도 한다.

하여간 이런 식으로 보면 그 이후의 거절들이 어떤 양상으로 전개되는지도 대개 짐작이 간다. 어떤 이는 원하던 대학에 떨어지고 어떤 이는 취직에 실패한다. 어떤 이는 결혼도 하지 못하고 평생을 외로운 독신으로 지내게 된다. 어떤 이는 승진에서 탈락되고 어떤 이는 선거에서 패배하고 어떤 이는 사업에 실패하고 어떤 이는 전쟁에서 지기도 한다. 어떤 이는 아쉽게 금메달을 놓치고 어떤 이는 노벨상을 놓치고 어떤 이는 아카데미상을 놓치고 어떤 이는 실적이 떨어지고 또 어떤 이는 인기가 떨어지기도 한다. 또 어떤 난민은 국경을 넘지 못하고 어떤 대통령은 이웃나라 대통령의 냉대를 받기도 한다. 정말이지 한도 끝도 없다. 그런데 생각해본 적이 있는가. 사실은 생로병사 자체가 다 거절이기도 하다. 우리 모두는 우리의 의사에 반해 늙고 병들고 죽어간다. (그 '의사에 반함'이 곧 거절이다.) 늙고 병들고 죽고 싶은 사람이 누가 있겠는가. 그런데도 우리 모두는 단 한 명의 예외도 없이 늙어간다. 그 어떤 미남미녀도 이윽고는 다 추해진다. 누구나가 다 한 번 이상 건강을 잃고 마침내는 죽음으로 내몰린다. 인생은 참으로 잔

인한 게임인 것이다.

　자, 그러면 어쩌자는 것인가. 이런 진실 앞에서 못난 사람들은 좌절하고 절망하고 때로는 극단적인 선택을 하기도 한다. 그런데 인생이란 또 참 묘한 것이어서 거절이 전부가 아닌 것이다. 우리에게는 거절과 함께 그 거절에 대한 '위로'라는 것이 동시에 공존하고 있다. 누군가 혹은 무언가가 거절당한 우리에게 위로를 준다. 쇼펜하우어 같은 철학자는 예술이나 동정이나 금욕 같은 것을 제시하는데, 그런 것이 거절에 대한 위로가 되어줄 수도 있다. 그러나 우리는 삶의 경험을 통해 가장 구체적인 위로가 무엇인지를 알고 있다. 뭐니 뭐니 해도 그것은 '사랑'이다. 젊은 예수가 그 젊은 나이에도 불구하고 위대한 까닭이 바로 거기에 있다. 더욱 구체적으로 그것은 '따뜻한 말 한마디'다. 사람들은 그런 것에 뜻밖에 인색하다. 만일 그것조차도 어렵다면 말 없는 미소, 혹은 따뜻한 표정, 눈빛, 그런 것이어도 좋다. 결국은 사람이다. 그런 사람의 따뜻함이 거절로 인한 우리의 상처에 위로를 준다.

　듣자 하니 '이태백'이라고 청년실업이 여간 심각한 게 아닌 모양이다. 경제도 어려운 모양이다. 얼마나 많은 젊은이들이 그 실업이라는, 궁핍이라는 거절로 인해 쓰라린 상처를 부여안고 있는 것일까. '위로'가 너무나 절실한 세태가 아닐 수 없다. 그런데도 책임을 져야 할 정치하는 이들은 묘책을 찾지 못하고 그저 자신들의 이익에만 머리를 처박고 있는 양상이다. 제대로 된 정치에 대한 국민들의 기대도 총체적인 거절로 인해 상처받고 있다. 이런 건 도대체 어디에 가서 위로를 받아야 할지 모르겠다.

나쁘기만 한 것은 없다

　'그럼에도 불구하고'라는 표현을 우리는 자주 쓴다. 이 말이 요즘 사람들에게 어떻게, 어떤 감각으로 사용되고 있는지 잘 모르겠다. 나는 그 옛날 중학생 때 영어를 처음 배우며 'in spite of'라는 말을 그렇게 옮기기 시작했다. 그 전 '국민학생' 때는 이런 표현 자체를 거의 듣지 못했다. 그래서 이 말을 처음 듣기 시작하면서 느낀 어떤 이상함이랄까, 어색함 같은 감각을 아직도 어렴풋이 떠올린다. 물론 50년 가까이 들어오다 보니 이젠 자연스러운 한국어로 받아들여진다.

　고등학생 때, 친했던 친구 하나가 제법 어른티를 내면서 내게 말했다. "야, 너 사랑이 뭔지 알아? 사랑은 말이야, 'because of'가 아니라, 'in spite of'야." 나는 그 말이 너무나 멋있게 들려 감동을 받았고 그래서 지금까지도 그걸 기억하고 있다. 학생들에게 '사랑'에 대해 강의할 때는 꼭 이 말을 들려주기도 한다.

어디 '사랑'뿐이겠는가. '그럼에도 불구하고'의 가치 반경은 넓다. 이 말은 그 자체로 어떤 철학적 의미를 지니고 있다. 이 말은 본질적으로 '비록 A임에도 불구하고 B'라는 구조를 가지고 있다. A는 어떤 나쁜 것이고 B는 어떤 좋은 것이다. 그런 점에서 이 말은 어떤 윤리적 혹은 가치론적 기본공리를 표현한다. (이를 '비록의 철학'이라고 불러도 좋다.) "네 원수를 사랑하라"는 예수 그리스도의 말씀도 '그가 너에게 비록 나쁜 사람이지만 그럼에도 불구하고 그를 사랑하는 것이 좋은 일이다'라는 구조인 것이다. 그래서 '그럼에도 불구하고'라는 이 말은 어떤 특유의 도덕적, 종교적 힘을 지니게 된다.

각설하고, 이 말이 가진 가치론적 의미를 조금 확장해서 생각해보려 한다. 살다 보면 우리의 인생에는, 그리고 이 세상에는 '좋지 않은', '옳지 못한', 심지어는 명백히 '나쁜' 일들, '나쁜' 사람들이 너무나 많다. 그런 '나쁜' 것들이 우리를 얼마나 힘들게 하는지는 아마 두말할 필요조차도 없을 것이다. 힘들기 때문에 우리는 그런 '나쁜' 것들을 싫어한다. 그래서 그것을 피하기도 하고 없애려고 노력하기도 한다. 그런 노력이 인생의 중요한 일부가 되기도 한다. 물론 그렇게 할 수 있다면, 그것은 좋은 일이다. 하지만 피할 수도 없고 없앨 수도 없는 '나쁜 것' 또한 무수히 많은 게 인생의 이치고 세상의 이치다. 그럴 때는 어찌해야 하는가? 바로 그럴 때, 이 '그럼에도 불구하고'라는 가치가 빛을 발한다. 그것은 마치 하나의 주문과 같다. 이걸 실제 상황에 적용해보면 그 적용범위랄까, 적용사례랄까 하는 것이 엄청나게 넓고 많다는 것을 알게 된다. 요즘 유행하는 '명상'이나 '마음 다스리기' 같은 데서도 아주 유용하다. '나쁜 것들'도 유심히 들여다보면, 완전히 백 퍼센트 전적으로 나쁘기만 한 것이 아니라 거기에도 어떤 좋은 점, 좋은 면이 있을 수 있다는 것이다. 우리가 그렇게 생각한다면 거기서 어떤 작은 구원이 주어질 수도 있다.

예컨대 '비록' 내 몸이 좀 부실하지만, 비록 내 자식이 좀 못났지만, 비록 내 마누라가 좀 고약하지만, 비록 좀 돈이 없지만, 비록 좀 지위가 낮지만, 비록 좀 유명하지는 않지만 … '그럼에도 불구하고' 나는 눈이 잘 안 보이는 대신 귀가 잘 들릴 수 있고, 내 자식이 머리가 나쁜 대신 축구를 잘할 수 있고, 내 마누라가 성질이 고약한 대신 음식을 기가 막히게 잘할 수 있고, 돈이 없는 대신 도둑 걱정이 없어 마음이 편할 수 있고, 지위가 낮은 대신 뇌물을 받지 않아 감옥 갈 일이 없고, 유명하지 않아 대낮에 굳이 선글라스를 끼고 다닐 불편이 없고, 마음껏 대중교통을 이용할 수가 있고 … 그런 좋은 점들이 없지 않은 것이다. 일일이 모든 경우를 다 나열할 수는 없지만, 찾아보면 좋은 점 한두 가지는 반드시 찾아질 것이다. 거기서 '최악'을 피할 어떤 '차선'이 발견될 여지가 생기는 것이다. '비록'과 '그럼에도 불구하고'가 그 길을 열어준다. 어떤 '나쁜' 일들이 내게 닥쳤을 때, 그래서 너무너무 힘들 때, 한 번쯤 그런 방향으로 생각을 돌려보기를 모두에게 꼭 권하고 싶다. 거기서 얻어지는 작은 마음의 평화가 어쩌면 이른바 나비효과로 세계평화에 기여할지도 모를 일이다.

나는 중학교 때부터 근시라 눈이 나쁘다. 먼 데 것이 잘 안 보인다. 그런데 가끔씩 안경을 벗은 채 창가에 서게 된다. 풍경이 마치 수채화처럼 눈에 들어온다. 눈 좋은 사람은 사진처럼 보는데 나는 그림처럼 보는 것이다. 근시 효과다. 밤에는 야경이 보인다. 가로등 불빛과 자동차의 움직임들이 눈에 들어온다. 그런데 나처럼 눈 나쁜 사람들은 다 알겠지만 눈 나쁜 사람들에게는 이 불빛들이 흐리게 퍼져서 마치 불꽃처럼 보인다. 눈꽃 모양의 불꽃처럼 된다. 찬란하기가 그지없다. 자동차의 윤곽은 사라지고 그 불꽃들만 움직인다. 눈이 나쁘다는 생각을 잊고 보면 너무너무 아름다운 풍경이다. 매일 밤이 크리스마스인 것이다. 눈이 좋은 사람들에게는 보이지 않는 풍경이다.

　창가에서 야경을 보다가, 오늘도 나쁜 일들로 힘들어하는 누군가를 위해 이 글을 써야겠다고 생각했다. 내 눈이 나쁜 덕분에 이 한 편의 글을 쓸 수 있었다. 나는 눈이 나쁘다. '비록' 그렇지만, '그럼에도 불구하고' 나는 오늘도 마음의 눈으로 세상을 보며 글을 쓴다. 이 사실에 감사한다.

비판에 대한 생각

    나는 개인적으로 '비판'이라는 것을 그다지 좋아하지 않는다. 특히 어떤 사람을 드러내놓고 비판하는 것은 더욱 좋아하지 않는다. 가능하면 사람의 좋은 면들을 평가하고 칭찬하기를 좋아하는 편이다.

    그런데 꼭 그런 것만이 능사는 아니다. 비판이 반드시 필요한 경우도 있는 것이다. 사회의 문제해소와 발전을 생각할 때 더욱 그렇다. 그래서 작정하고 비판을 한번 해보려 한다. 나는 철학자이니 기본적으로 일종의 비판 자격을 가지고 있다. 철학의 역사에는 '비판'을 전면에 내세운 칸트와 프랑크푸르트학파의 전통이 있기 때문이다. (잘 알려져 있듯이 칸트는 《순수이성 비판》, 《실천이성 비판》, 《판단력 비판》을 썼고, 프랑크푸르트학파의 창시자 호르크하이머는 《전통이론과 비판이론》을 썼다. 딜타이의 《역사이성 비판》도 있다.) 물론 이들의 비판은 그 대상 내지 내용이 한참 다르다. 칸트는 이성 및 판단력이 그 대상이었고, 호르크하이머를 위시한 프랑크푸르트학파는 변질된 계몽 등 문제적인 사회현실이 그 대상이었다.

일반적으로는 '비판'이 '비난'으로 인식되기도 하지만, 그 둘은 엄연히 구별된다. 철학의 경우, 특히 칸트의 경우는 그것이 '음미' 내지 '검토(Prüfung)'의 뜻으로 사용된다. 무언가를 철저하게 분석, 검토해보는 것이 비판인 것이다. 물론 거기에도 '무언가 문제적인 것'에 대한 지적은 깔려 있다. 요즘 젊은이들은 '지적질'을 싫어한다고 하는데 그래도 할 수 없다. 문제를 해소하고 더 나은 상태로 가기 위해서는 그런 지적질이 반드시 필요한 것이다. 그건 헤겔 변증법의 바탕에 깔린 정신 내지 전제의 하나이기도 했다.

가장 먼저 나는 인간들의 제대로 된 '비판부재'를 비판해보고 싶다. 작금의 한국사회에는 '문제적 상태'들이 많아도 너무 많다. 굳이 구체적인 실례와 관련 인물을 적시하지 않더라도 이 점을 부인할 사람은 아마 없을 것이다. 정치도 문제, 경제도 문제, 가정도 문제, 학교도 문제, 알다시피 선박(세월호)도 병원(메르스)도 강물(녹조)도 공기(미세먼지)도 다 문제다. 주변의 인간들을 둘러봐도 문제없는 사람이 거의 없을 지경이다.

그런데도 사람들은 그 문제들에 대한 문제의식이 별로 없는 듯하다. 문제에 너무 익숙해져버린 탓일까? 문제를 문제로서 인식하지를 않는 것이다. 따라서 문제제기도 별로 하지 않는다. 그냥 그런가 보다 하고 넘어간다. 그런 사람들이 너무 많다. 그러면 문제들은 해소되지 않은 채 또 다른 문제를 낳는 악순환에 빠져든다. 문제제기가 없다는 이것이 가장 큰 문제다. (문제제기가 없는 문제해결은 원천적으로 불가능하다. 그것은 출발 없는 도착처럼 불가능하다.) 예전에는 그래도 문사철 등 소위 '인문학'이라는 것이 그 비판의 역할을 일부 담당해왔는데, 이제는 그나마도 거의 찬밥, 아니 사실상 쉰밥 취급을 당하고 있다. 그러면 신문이나 TV라도 그 역할을 대신해줘야 하는데 요즘은 그것들의 수준도 수준이려니와 젊은 세대들은 그것조차도 아예 보지를 않는다고 한다. 대신에 소위 SNS라는 수상한 공간이 생겨나 슬그머니 그것들을 밀어내고 제대로 된 문제의 지적과 논의 대신 표피적이고 감각적이고 단세포적인, 그리고 때로는 거의 배설적인 비난의 언어들이 횡행하고 있는 모양새다. 그런 종류의 배설적 언어는 결코 비판의 역할을 대신할 수 없다.

감정적인 인신공격도 비판과는 거리가 멀다. 인신공격에는 대개 공격하는 쪽의 오만과 편견이 그리고 증오와 대결이 깔려 있다. 그런 것은 결코 미덕이 아니다. 무엇이 문제이고 왜 그것이 문제인지를 합리적으로 검토해 공론화하고, 그 해결을 위한 대안을 토론하고, 그 구현을 위해 실천적인 노력을 하는 것이 제대로 된 비판인 것이다.

그리고 어떤 사안에 대한 누군가의 문제제기가 있을 때는 먼저 그 판단의 기준을 들여다보는 것도 중요하다. 그것이 이성인지 정의인지, 아니면 이익인지 고집인지를 살펴봐야 하는 것이다. 합리적인 이성 혹은 정의가 기준이라고 저 머리 좋은 철학자들이 그토록 강조한 것은 왜였을까? 그 판단의 합리적 기준이 그만큼 중요하기 때문인 것이다. 그런데 요즈음의 우리는 너무나 쉽게 진영논리에 기대버린다. 귀 잘린 고흐도 아닌데 다른 소리를 들으려는 귀는 아예 없다. 패거리의 이익이 최우선적인 기준이 되는 것이다. 그럴 때는 하버마스 등이 그토록 강조한 토론과 합의라는 것이 들어설 자리가 없다. 오로지 '너'와 '너희'가 문제고 '나'와 '우리'는 전혀 문제가 없다는 독선적 논리만이 고집스럽게 눈을 부라리는 것이다.

제대로 된 비판을 위해서는 일단 그런 합리성의 소양을 길러야 한다. 인문학이 그것을 길러준다. 인문계 구조조정 어쩌고 하는 서슬 퍼런 칼날을 휘두르기 전에, 전공과 취업의 미스매치를 운운하기 전에, 왜 이런 잘못된 구조가 만들어졌는지 그 연유도 한번 살펴보아야 한다. 모든 문제에는 반드시 그 문제를 야기한 '문제적 인간'이 있다. 그것은 관료일 수도 있고 정치가일 수도 있다. 그 책임을 묻는 것도 문제제기의 일환이며 제대로 된 비판의 시작이 된다.

나는 우리 사회가 진정한 선진국이 되기를 바라는 한 사람의 철학자로서 우리 사회의 모든 분야에서, 제대로 된, 건전한, 합리적인 비판운동이 일어나기를 기다리고 있다. 아주 오래전부터. 아주 간절하게.

윤리의 고고학

철학자의 한 사람으로서 학문적 구상의 일단을 밝히는 것도 재미있을지 모르겠다. 나는 이른바 '윤리의 고고학'을 제안한다. 거기서 윤리의 본질이 드러나기를 기대한다. 그리고 그 필요성, 필연성, 절박성이 드러나기를 기대한다.

인터넷에 올라온 신문기사의 한 토막에 "회사의 인사 담당자가 중요하다고 생각하는 것과 지원자가 중요하다고 생각하는 것에 큰 괴리가 있다"는 흥미로운 보도가 있었다. 뽑히고 싶은 사람이 일반적으로 예상하는 것은 '능력 내지 스펙'인 데 비해, 뽑는 사람이 실제로 중시하는 것은 무엇보다도 '인성'이라는 것이다. 그러면서 그 인성의 내용으로 '성실함', '책임감', '도전정신' 같은 것을 적시했다. 나는 '인성', '성실', '책임', '도전' 같은 윤리적, 가치적 단어들을 보면서 문득 이런 단어들이 과연 지금 여기, 즉 21세기의 한국에서 살아 있는 단어일까 하는 의구심이 들었다. 왜냐하면 나는 실제로 오래전부터 '인성'의 중요성을 기회 있을 때마다 강조해왔는데(예컨대, 내가 근무하는 대학에서 나는 '인성클리닉'이라는 프로그램을 운영하도록 제안했고, '인성계발학'이라는 연계 전공을 개설하기도 했고, '인성함양 교과개발' 사업에 참여하기도 했다. 한 TV 특강에서 '윤리의 권유'라는 주제로 이야기한 것도 같은 취지였다), 그럼에도 불구하고 '거의 전혀'라고 할 만큼 그 반향을 느끼지 못했기 때문이다. 주변에서 그런 윤리적 가치를 체현한 인격자를 보는 일도 아주 드물다. 정말로 아주 드물다. 그리고 가끔씩 눈에 띄는 그런 사람이 세상에서는 제대로 평가받지도 못한다.

좀 과장하자면 이런 윤리적 단어들은 우리 시대 우리 사회에서 이미 사어가 되어버린 것 같은 느낌이기도 하다. 하지만 그런데도 또다시 이런 단어가 신문기사에서 언급되는 까닭은 무엇일까? 어쩌면 그것을 되살릴 절실한 필요가 있기 때문은 아닐까. 그만큼 이런 기본적 가치들의 부재가 심각한 문제들을 야기하고 있다는 반증은 아닐까.

그래서 나는 이른바 '윤리의 고고학' 같은 것의 필요성을 강하게 느끼는 것이다. 인성의 기본이 되는 '윤리'라는 것이 실제로 생동하는 가치로서 사람들 사이에 통용되던 과거를 한번 근원적으로 되짚어볼 필요가 있다는 것이다. (고고학이란 물론 땅속에 묻힌 과거를 발굴해내는 역사학적 방법론의 하나이지만 철학자 미셸 푸코가 이른바 '지식의 고고학'을 전개함으로써 그것은 철학의 방법론으로 그 영역을 확대했다. 간단히 말해 역사 속에 묻힌 지식의 과거를 발굴해내서 그

철학적 의미를 되새겨보자는 것이 지식의 고고학이다.) 공자가 이른 바 요순우탕 문무주공의 시대를 주목하고 《춘추》를 저술한 것도 전형적인 윤리의 고고학이다.

내가 온갖 기회에 수도 없이 강조해온 바이지만, 우리 인간의 삶은 타인들과의 관계 속에서 영위되는 것이기에 '윤리' 내지 '윤리적 가치'는 그 삶의 질서 내지 질을 위해 필수적으로 요망되는 것이다. 그래서 윤리학자들은 그것을 '당위'나 '의무'라는 말로도 설명한다. 그것은 한때 어디에선가 분명히 살아 있었다. 우리는 그 흔적을 역사 속에서 찾아볼 수 있다. 그것으로 그 근원을 밝혀내야 한다. 그 원천으로 가봐야 한다. 그것이 나의 학문적 착안점이다.

나는 그런 윤리적 가치들을 무작위로 한번 나열해본다. 인, 의, 예, 지, 신, 충, 효, 성(실), (공)경, 용(기), 겸(손), 명, 덕, 절제, 중용, 양보, 배려, 사랑, 자비, 정의, 정직, 충직, 불굴, 온유, 조화 등등, 한도 끝도 없다. 정말 엄청나게 많다. 동서양을 막론하고 우리의 선현들은 왜 이런 것들을 그토록 강조했고 사람들은 왜 이런 가치들에 때로 그 인생을 걸기도 했던 것일까? 이런 가치들이 절실히 필요한 '경우들', '상황들' 혹은 '대상 내지 상대방'이 있었기 때문이다. 특히나 이런 가치들이 결여된 경우에 발생하는 '문제적 상황들'이 있었기 때문이다. 이를테면 불의, 부정, 불충, 불효, 불성실, 무책임, 무자비, 난폭, 비겁, 오만 등등. 그것은 지극히 구체적이고 실질적이다. (하버마스를 참고해서 말하자면 윤리나 가치나 인성 같은 것은 '오직 실천적 맥락에서 정당성의 요구주장이 문제시될 때 비로소 거론되어야' 하는 것이다.)

우리는 그런 문제들 및 가치들을 하나하나 면밀히 조사해볼 필요가 있다. 그런 것은 한갓된 지적 놀음이 결코 아니다. 공자 왈 맹자 왈 하는 거드름이나 과시로 끝날 일이 결코 아닌 것이다. (인성에 탈이 난 채로 지식으로서의 윤리를 외치는 사이비 인사들에게 사람들이 혹하는 일도 없어야 한다.) 우리는 그런 단어들에 다시 생명을 불어넣어야 한다. 그런 가치들이 살아서 사람 사이에, 거리에, 생활공간에 떠다니도록 만들어야 한다. 그런 것들이 더 이상 돈 때문에 밀려나도록 방치해서는 안 된다. 그렇게 해서 인성이 갖추어진 인간을 만들어야 한다. 그런 인간들로 세상을 만들어야 한다. 그럴 때 윤리적 담론은 비로소 그 의미를 갖게 된다.

　돈벌이를 본질로 삼는 기업이 인성을 중시한다는 것은, 만일 그것이 정말이라면, 무엇보다도 다행스러운 일이다. 나는 한 사람의 철학자로서 '윤리의 고고학'을 제안하면서 지금 이 너무나도 비윤리적인 현실, 몰가치적인 세상의 추이를 관심 있게 지켜볼 것이다.

닭의 철학

2017 정유년, 닭띠 해가 밝았다. 닭의 해라고 하니 닭에 대해서 한 번 생각해본다. 생각해보면, 닭이 저 십이간지의 하나로 들어가 있는 것은 사실 예사로운 일이 아니다. 우리 민족의 한 상징인 저 곰조차도, 그리고 새 중의 새인 독수리조차도 들어가지 못한 그 자리를 꿰차고 있으니 말이다. 그만큼 우리 인간과 가까운 존재라는 의미가 있을 것이다. 아닌 게 아니라 저 아득한 신라시대의 유적에서 계란 껍데기가 발견된 적이 있으니 그때부터, 아니 그 이전부터 이미 닭은 인간의 가금으로 그 집에 함께 살았음을 알 수 있다.

몇 해 전 정지훈, 송혜교가 연기해 큰 인기를 끌었던 〈풀하우스〉라는 드라마에서 남자 주인공 영재가 여자 주인공 지은에게 "넌 조류야 조류!"라고 흉을 보는 장면이 나온다. 생각도 할 줄 모르는 '닭대가리'라는 뜻이다. 티격태격 사랑싸움을 하는 귀여운 커플 사이라 그렇지, 사실 여간 심한 모욕이 아니다. 그런데 지은도 지은이지만 만일 닭이 이 말을 알아듣는다면 어떤 반응을 보였을까? 닭들에게도 아마 할 말이 없지 않을 것이다. 만천하의 닭들을 위해 변호를 자임해보자.

닭은 기본적으로 윤리적 존재다. 그들은 인간들에게 고기가 되기 위해서 존재한다. 자기가 죽어 인간들에게 영양을 제공하니 그야말로 살신성인이다. 게다가 그들은 알까지 고스란히 인간들에게 갖다 바친다. 전 세계 맥도날드 매장이 3만 5천 개 정도인데 한국의 치킨집은 3만 6천 개 정도라고 하니, 그 의미가 결코 작을 수 없다. 어디 그뿐인가. 삼계탕, 닭개장, 찜닭, 통닭을 하는 식당들은 말할 것도 없고, 양계장, 계란 유통업 등도 다 그들이 먹여 살린다. 또 그게 없으면 안 되는 수많은 음식들도 다 그들 덕이다. 이를테면, 프라이, 계란말이, 삶은 계란, 계란빵, 계란탕, 카스텔라, 케이크, 닭가슴살 통조림, 닭강정, 닭발, 닭똥집, 오므라이스 … 한도 끝도 없다. 호텔에서 포장마차에 이르기까지 그 관련 분야에 종사하는 수많은 사람들을 먹여 살리는 것도 결국은 다 닭이다.

그것들은 또한 닭고기와 계란 음식을 좋아하는 만천하의 아이들에 대한 엄마의 따뜻한 사랑을 가능케도 한다. 하나하나 따져보면 그 공덕은 이루 헤아릴 수 없다. 어디 그뿐인가. 오랜 세월 동안 세상의 수탉들은 시계 대신 사람들에게 새벽을 알려주었고 알람 대신 부지런한 사람들을 깨워주었다. 그 의미인들 작을쏜가.

또 있다. 닭은 알을 낳고 그 알을 품어준다. 누가 시킨 것도 아닌데 알을 품어 병아리를 깐다. 나는 어린 시절 쪼그리고 앉아 그 장면을 신기하게 지켜본 기억이 있다. 이윽고 보소송한 솜털의 병아리가 나와 삐약거리며 어미를 따라다니던 모습은 감동이었다. 그런데 우리 인간은 어떤가. 어미가 자식을 품어주지 않아 굶어죽고 맞아죽고 하는 아이조차 없지가 않다. 닭은 그렇게 병아리를 죽이지는 않는다. 그 점에서는 인간보다 낫다.

또 더러는 인간들에게 뜻하지 않은 교훈을 주기도 한다. "닭의 모가지를 비틀어도 새벽은 온다" 같은 식으로 폭압에 항거하는 용기와 꿋꿋한 희망에 대한 신념을 주기도 하는 것이다. "닭이 먼저냐 계란이 먼저냐" 같은 식으로 철학적 토론의 주제를 제공하기도 한다. 물론 "소 잡는 칼로 닭 잡는다"나 '군계일학'처럼 소나 학과의 비교 속에서 비하되는 경우도 있지만, 그 비교거리의 제공 자체도 생각하기에 따라서는 자기희생의 윤리에 속할 수 있다.

이렇듯 닭은 윤리적 존재다. 그런 닭이 당국의 부실한 대처로 AI(조류독감)에 걸려 무려 3천만 마리(오리와 합친 수)가 넘게 살처분되었다고 한다. 우리가 생각 없는 '닭대가리'가 아니라면 그 닭들에게 고마운 줄은 모른다 치더라도 최소한 미안한 줄은 좀 알아야겠다. 아니, 그것은 또 모른다 쳐도 그런 부실로 생계가 막막해져 속으로 닭똥 같은 눈물을 흘리고 있을 저 수많은 농민과 상인들에게라도 좀 관심을 가져야겠다. 함께 살아가는 인간이 아니던가. 새해가 밝았는데도 세상은 여러 가지로 아직 어둡다. 이 어둠을 깨워줄 수탉 같은 지성의 꼬꼬댁 소리가 그리운 요즈음이다.

여름 그리고 교토

도시도 천년에 걸쳐 문화가 되면 돌멩이조차도 그림이 되고 숲을 스치는 바람도 시가 된다. 작년 여름, 나는 내가 원장을 맡고 있던 인연으로 '인문최고아카데미' 회원들을 이끌고 교토로 인문학 기행을 다녀왔다. 교토는 오랜만이었다. 첫 방문은 1980년, 유학 시절이었다. 그 첫인상은 강렬했다. 그곳은 고대와 현대가 공존하는 도시였다. '볼 것'이 정말이지 지천으로 널려 있었다. 안내책자 하나를 들고 나는 히가시혼간지, 산쥬산겐도, 치온인, 키요미즈데라, 헤이안진구, 료안지 등등 소위 명소를 하나씩 섭렵해나갔다. 교토대학과 '철학자의 길'도 빠트리지 않았다. 그런데 그때는 학생 신분으로 시간이 많지 않았고 빠듯한 시간에 나라와 오사카와 고베까지 돌아볼 계획이었기에 교토를 속속들이 돌아볼 여유는 없었다. 그래서 천년을 거슬러간 그

때의 시간여행은 아쉬움을 남긴 채 어설프게 접어야 했다. '언젠가 다시…'를 기약했다.

그 언젠가가 30여 년 후… 참으로 늦게 찾아온 것이다. 다시 찾은 교토는 역시 부분 부분 천 년 전을 잘 간직하고 있었다. 이번에는 소위 '답사'의 명인으로 소문난 동료교수 D가 안내를 맡았기에 그 발걸음 하나하나가 더할 수 없이 충실해졌다. 그의 안내에 따라 우리 일행은 금각사, 은각사, 코케데라, 난젠지 외에 숨겨진 명소들까지 속속들이 교토를 훑었고 벼르고 있었던 '아라시야마(嵐山)'와 근교의 '우지(宇治)'까지도 발을 뻗었다. 도처의 대나무숲도 일품이었고 사찰의 고즈넉한 분위기에서 와가시(和菓子)를 곁들여 마셔보는 맛차(抹茶)도 특별했다.

교토 하면 유적도 유적이고 산도 산이지만 강이 또 빠질 수 없다. 그곳에는 '카모가와'와 '카쓰라가와'라는 강이 흐르고 교외에는 '호즈가와'라는 강이 흐른다. 이 강들의 정취가 만만치 않다. 우리 일행은 그 호즈가와에서 잠시 뱃놀이를 즐기기도 했다. 여름이었고 당연히 더웠지만, 교토의 더위는 그냥 더위가 아니라 좀 과장법을 사용하자면 '문화적인 더위'라고나 할까, 그런 느낌이 없지 않았다. 뱃놀이도 그중의 하나였다. 나는 그 배를 타고서 천천히 천천히 천년을 거슬러갔다. 아주 자연스럽게 저들이 즐기는 하이쿠도 한 수 떠올랐다. "夏ほづ(保津)や 舟は流れど 時止まり(여름 호즈여, 배는 흘러가도 시간은 멎어)." 하기야, 천년의 시간이 머무는 곳, 그곳이 교토니까.

우리 일행은 점심 한 끼를 교토대학에서 머지않은 한 고택에서 먹었다. 한 화가의 저택이 그의 사후 운치 있는 식당이 되어 멀리서 온

'손님'들을 맞이한다. 그 화백의 며느리라는 '오카미(안주인)'는 대나무향 그윽이 밴 청주를 반주로 한 잔씩 따라준다. 술을 특별히 즐기지 않더라도 그 운치에 한두 모금을 홀짝거리게 된다. 그러면 식후의 정원 산보는 필수가 된다.

교토의 문화적인 멋은 저녁이면 더욱 빛을 발한다. 교토 아가씨들은 일본 전통의 '유카타'를 차려입고, 손에는 전통 문양의 부채를 들고, 삼삼오오 카모가와 강변으로 나와 산책을 하고 더러는 '센코하나비(선향 불꽃)'를 즐기기도 한다. 그 하나하나가 모두 '문화들'이다. 이따금 바람이 불면 집집이 창가에 매단 '후린(풍경)'들이 짜랑짜랑 노래를 한다. 바람을 소리로 변환한 역시 이들의 계절문화다.

사람들이 북적거리는 '카와라마치'에서 '야키토리'를 안주로 맥주 한잔을 기울여보는 것도 나쁘지 않다. 그것이 묘하게도 교토의 여름에는 잘 어울린다. 시끌벅적한 거기서 벗들과 어울려 낮에 본 '가부키'를 품평한다든지 앳된 마이코의 춤 '쿄마이(京舞)'를 보면서 먹었던 '교요리(京料理)'를 평하는 것도 뭔가 문화적이다. 그냥 한 끼 먹은 것 이상의 무언가가 아직 입가에 남아 있는 것이다. 그렇게 교토의 밤은 깊어간다.

그 문화적인 여운을 베개 삼아 베고서 우리는 교토의 다다미 위에서 유카타를 걸치고 문화적인 수면에 빠져들었다.

다음 날 아침, 식전에 나는 혼자서 여관을 빠져나가 저들의 천황이 살았던 '고쇼'와 쇼군이 살았던 '니조조'의 '호리'를 산보했다. 걸어도 걸어도 아득해 보이는 그곳에서의 산보는 충분한 운동을 제공한다. 그곳을 산보하며 나는 또 문득 어디선가 천 년 전의 '구루마(수레)' 소리가 들리는 기분이었다. 저 유명한《겐지이야기》의 배경이 바로 이곳 교토가 아니었던가. 천 년 전의 그 대단한 대하소설의 주인공들, 겐지, 무라사키노우에, 후지츠보, 아카시노키미 … 천 년 전의 그들의 그 인간적 희로애락들이 마치 피부에 닿을 듯 느껴졌다. 그것을 쓴 무라사키 시키부의 무덤도 얼마 멀지 않은 곳에 남아 있었다.

개인적으로는 카와바타 야스나리가 쓴 소설《고도(古都)》도 상기되었다. 야마구치 모모에 주연의 영화로도 만들어진 그 소설은 독특한 일본인의 정서를 잘 담아냈다. 쌍둥이 자매의 엇갈린 운명과 재회 그리고 작별…. 그런 소설은 유서 깊은 교토가 그 배경이 아니라면 맛이 나지 않는다. 주인공의 캐릭터도 살지 않는다. '니시진 오리'의 화려한 무늬는 필수 장치다.

물론 교토에는 우리 한국인으로서는 그냥 지나칠 수 없는 아픔도 있다. 저 위대한 시인 윤동주가 그 짧은 생의 한 토막을 보낸 도시샤대학이 그의 시비를 안은 채 거기에 있고, 또 그가 한때의 시간을 즐겼던 우지가와 상류의 현수교도 그 사진에 남은 배경을 그대로 간직한 채 지금도 그 자리에 걸려 있다. 그리고 그가 마지막에 사상범으로 연행되었던 경찰서가 또한 거기에 그대로 있어 역사를 증언한다. 카미카제 특공대원으로 원혼이 된 탁경현의 집도 거기에 있다. 무엇보다도 우리를 얼어붙게 만드는 것은 임진왜란의 통한을 안은 저 '미미즈카(귀무덤)'다. 우리는 거기서 단체로 묵념을 올렸다. 몇 십 년, 몇백 년 전의 저 잊을 수 없는, 결코 잊어서도 안 될 사건들을 되새기면서 우리는 야만적인 히데요시와 메이지 군부를 성토하기도 했다. 문화의 한켠에 자라난 너무나도 반문화적인 독버섯들을 우리는 똑똑히

눈에 그리고 가슴에 담았다. 그렇게 우리들의 기행은 깊이를 추가했다. 그런 것만 없다면…, 그렇다면 교토만한 곳도 참 흔하지 않다.

그곳은 '문화'의 종합판과도 같은 그런 도시다. 사람들은 누구나 '어딘가에서' 그들의 삶을 살아가지만, 그 삶의 내용은 그 '어딘가'가 어디냐에 따라 상당히 달라진다. 그 어딘가라는 배경 혹은 무대가 그 삶의 질을 결정한다. 우리가 도시 관리에 무심해서는 안 될 이유가 거기에 있다. 나는 교토를 능가하는 서라벌과 사비성의 재건을 꿈꾸기도 한다. 지금부터라도 늦지는 않다. 천년이 지나면 그것도 원래 것과 그다지 다를 바 없는 문화적 가치를 지닐 테니까….

4 __ 강변길

우국의 한 자락

나이 들수록 공자를 자주 생각하게 된다. 이 양반은 어지러운 세상을 바로잡아보겠다고 무진 애를 썼던 사람이다. 그런데 그는 이상적인 대동사회를 실현하기 위해서는 정치적인 힘이 반드시 필요하다는 것을 잘 알고 있었다. 그래서 정치에 대해 자주자주 언급을 했고 실제로도 정치적인 힘을 얻고자 14년간 이른바 '주유열국(여러 나라를 떠돌아다님)'을 하기도 했다. 그러나 그는 좀처럼 기회를 얻지 못했다. 그래서 만년에는 고향인 노나라로 되돌아가 연구와 교육에 열정을 쏟기도 했다.

나도 공자와 비슷한 생각을 할 때가 있다. 이 '세상'의 문제들을 바로잡아보고 싶은 것이다. 세상에 걱정되는 문제들이야 한두 가지가 아니지만, 우선 가장 가까운 곳이 몸담고 있는 직장이다 보니 '대학'

을 걱정할 때가 무엇보다 많다. 지금 이 나라의 대학들은 과장 없이 '산더미'만큼의 문제들을 안고 있다. 이 문제들은 비단 어느 한 특정 대학만의 문제가 아니라 이 나라 모든 대학의 문제들이고, 그것들은 초중고 전반에 걸친 '교육'의 문제(예컨대 입시 위주 교육, 사교육 등)와도 당연히 얽혀 있으며, 따라서 이 나라 전체의 현실(예컨대 청년실업, 학벌사회 등)과도 직결돼 있다. 그러니 중요한 문제가 아닐 수 없는 것이다.

많은 사람들이 이 나라의 그런 교육현실을 걱정하고 있다. 하지만 목소리는 높은데 세월이 흘러도 나아지는 것은 전혀 없다. 이런저런 푸념을 하던 가운데 문득 이런 생각이 들었다. 만일에… 만일에 내게 어떤 정치적인 힘이 주어진다면, 그렇다면 하다못해 이것 하나만은 꼭 해보고 싶다는 그런 생각.

무엇보다 대학의 기본틀을 좀 바꿔놓는 것이다. 우선 대학들을 이공계 중심으로 재편한다. 응? 철학자가 그런 소리를? 인문 사회계로부터 강한 반발이 있겠지만, 이 나라의 미래를 위해서는 일단 그게 옳다. 그럼 인문 사회계는? 졸업 후 취업이 가능한 최소한의 규모로 소수 정예화하는 것이다. 그 역할은 주로 국립대에서 담당한다. 그리고 모든 대학 모든 전공을 불문하고 인문 중심의 교양교육을 대폭 강화한다. 졸업 조건으로 교양인증제를 만들어 고전 백 권을 읽히는 것도 하나의 방법이겠다. 그것으로써 우선 제대로 된 '인간'을 만들고, 그리고 이공계의 전공을 통해 '전문가'를 만드는 것이다. 사실 정부가 나서 이것만 제대로 해도 '인성이 갖추어진 우수한 기술자'가 (철저한 정신으로 우수한 제품을 만들며) 국가에 기여할 수가 있게 되는 것이다.

물론 그 이전에 대학 전체의 규모를 대폭 축소해 수급 조절을 해야한다. (단, 고졸이나 전문대졸 직업인이 행복한 삶을 영위할 수 있게 하는 사회적 장치가 전제돼야 한다.) 그러면 천문학적인 교육비의 지출을 국가의 다른 시급한 분야로 돌릴 수 있다. 서울에 있는 사립대학들은 정부가 완전히 손을 떼고 자율을 보장한 후 철저한 자유경쟁에 내맡긴다. 그러면 자연스럽게 인수합병 등 구조조정도 이루어진다. 그 과정에서 질과 경쟁력이 높아지는 구조가 마련될 수 있다. 거국적인 토론을 거쳐 저 서울 강남식의 학원산업이 불필요해지도록 만들어야 한다. 특정 지역에 유리한 학군제도를 폐지하는 한편, 각 지방의 명문 고등학교들을 중점 육성한다. 수도권 대학의 입시에서 지방 쿼터제를 실시하면 이는 비교적 간단히 실현될 수 있다. 그러면 부동산문제도 어느 정도 완화될 수 있다. 반면 정부는 지방의 국립대학들을 정책적으로 전폭 지원하면서 강화해나간다. 최소한 서울의 유명 사립대학 이상의 위치로 끌어올린다. 1960, 70년대에는 그것이 현실이었으니 불가능한 목표는 절대 아니다. (지방의 모든 국립대학들이 제가끔 다 명문인 독일의 대학들이 훌륭한 모델이 될 수 있다. 배워야 한다.) 학생과 학부모가 그런 지방 명문 국립대들을 선호하게 되면 수도권 인구분산의 효과도 생겨난다. 각 혁신도시의 기관과 기업에게는 채용 시 지역 할당제를 시행하도록 정책적으로 유도한다. 그러면 죽어가는 지방도시들이 활기를 되찾을 수 있고 전국적인 삶의 균형이 회복될 수 있다. 그러기 위해 국립대학의 통합은 필수적이다. 이미 수없이 논의된 1도 1국립대 정책은 유효한 방안이 될 수 있다. 중복된 일부를 줄이고 전체적으로는 덩치를 키워 세계와 경쟁하도록 유도하는 것이다.

간단해 보일 수도 있고 어려워 보일 수도 있다. 어느 쪽이든 중요한 것은 '실행하는' 것이고 '실현하는' 것이다. 이것만 제대로 해내도 한국의 교육현실은 크게 달라질 수 있다. 신입생 충원율과 졸업생 취업률의 문제도 어느 정도 해소된다. 무엇보다 졸업생의 질이 크게 달라지고 그들이 국가발전에 제대로 공헌할 수 있는 가능성이 커지게 된다. 중앙과 지방의 양극화도 균형을 찾게 된다. 지방은 다시금 긍지를 되찾을 수 있다. 그러나 이 모든 것이 가능하기 위해서는 확고한 신념과 강력한 추진력을 갖춘 정치인의 존재가 필수적이다. 관료들의 능력도 당연히 요구된다. '정치'가 그만큼 중요한 것이다.

그런데 공자는 "정(政)은 정(正)이다(정치는 바로잡음이다)"라고 설파했다. 지금의 대학은, 그 구조와 현실은 과연 올바른가? 오늘의 정치는 과연 올바른 일들을 올바로 하고 있는가? 사회는 그것을 제대로 요구하고 있는가? 먼저 그 반성부터 한번 진지하게 해볼 필요가 있지는 않을까. 모든 변화와 발전은 문제의 인식에서 출발한다는 저 철학적 원리를 다시금 새겨본다.

누구?

돌이켜 생각해보니 그동안 '누구?'라는 이 한마디를 두고 강의, 강연, 책, 논문 등에서 참으로 많은 말들을 해온 것 같다. 그만큼 이것이 철학적으로 중요한 주제라는 말이겠다. 저명한 시인 R씨는 "삶이 어떤 길을 걸어가든지 늘 그대가 어디로 가고 있는가를 생각하라. 그리고 '나는 누구인가'라는 근본적인 질문에서 달아나지 말라"고 말한 적이 있는데, 철학자로서 깊이 공감하지 않을 수가 없다.

얼마 전 모 학회에 다녀온 적이 있다. 거기서는 20세기 최고의 철학자 중 한 사람인 독일의 마르틴 하이데거가 도마 위에 올랐다. 전문가들 사이에서는 유명한 이야기지만, 그는 1933년 히틀러가 집권하면서 곧바로 나치에 입당했고 40대의 젊은 나이로 모교인 프라이부르크대학의 총장에 취임했다. 비록 당에 적극적으로 협조하지 않았으며 1년 후 자의로 그 직을 그만두고 이후 오히려 당의 감시를 받게 되었다고 그 자신은 변명하지만, 그 전력으로 해서 종전 후 대학에서 해직되는 등 심한 고초를 겪었다. 어중간하게 복권이 되기는 했지만 그 전력은 평생토록 그를 괴롭히는 멍에로 작용했다. 그의 사후 장황한 변명의 사전 인터뷰가 언론에 공개되기도 했으나 그것이 면죄부가 되어주지는 못했다. 그의 탄생 100주년이던 1989년을 전후로 그의 나치 전력이 또다시 전 세계적으로 문제가 되었고, 좀 잠잠해지나 했더니 최근 그가 쓴 소위 《검은 노트》가 전집의 일부로 공개되면서 또다시 그 시비에 불이 붙은 것이다. 언제나 그래왔듯이 평가는 반반으로 갈라졌다. 그를 매도하는 쪽과 옹호하는 쪽으로 양분되는 양상인 것이다. 독일 내부에서의 평가는 엄혹한 편이다. 바로 이 문제가 계기가 되어 프라이부르크대학은 세계적으로 이름을 날렸던 이 대학의 하이데거 관련 교수직 자체를 아예 폐지하려는 움직임까지 보이고 있다.

내용을 들여다보면, 이 양반이 그 당시 독일에 팽배했던 반유대주의에 일부 동조했던 것은 부인할 수 없어 보인다. 유대인이었던 그의 스승 후설과의 관계, 유대인인 아내를 너무나 사랑했고 그 때문에 고초를 겪었던 선배 철학자 야스퍼스와의 친교, 역시 유대인이었던 제자 한나 아렌트와의 '수상한' 혹은 '부적절한' 관계, 한스 요나스 등 걸출한 유대인 제자의 배출 등등을 생각해보면 그의 반유대주의는 뭔가 아귀가 잘 맞지 않는다.

그 자신이 주저인 《존재와 시간》에서 그토록이나 '누구(Wer)'라는 주제를 강조하면서, '현존재'니, '세계내존재'니, '세인'이니, '죽음을 향한 존재'니 하는 것을 해명한 것은 크나큰 업적으로 평가되지만, 그가 이곳저곳에서 '민족(Volk)'이라는 것을 언급한 점은 그의 뛰어난 철학적 역량을 생각해볼 때, 좀 어설픈 감이 없지 않아 보인다. 하지만 이 사실은 역설적으로 하나의 부인할 수 없는 진실을 반영한다. 하이데거 역시 역사적, 사회적 상황 속에서 삶을 영위했던 한 사람의 '독일인'에서 예외일 수 없었다는 것이다. 제1차 세계대전 패배 후의 국가적, 민족적 곤궁 속에서 그 역시 '퓌러(영도자)'인 히틀러 총통에게 기대를 걸고 그에게 은연중에 영향을 받았을 가능성은 결코 가볍게 부인할 수가 없을 것이다. 그것이 그의 지극히 구체적인 '누구'의 내용 중 일부였던 것이다.

진실은 그런 것이다. 어떤 한 사람의 '누구임'은 다면적이다. 동일한 그가 위대한 철학자이기도 하고, 동시에 평범한 한 사람의 독일인이기도 하고, 자상한 아버지이기도 하고, 어설픈 바람둥이이기도 하고, 병약한 환자이기도 하고, 열렬한 스키광이기도 한 것이다. 그 어느 것도 그의 '누구임'에서 제외될 수는 없다.

그런데 우리는 곧잘 부분을 전체로 판단하는 착각에 빠져들곤 한다. 어느 한 면에서 뛰어난 사람은 다른 모든 면에서도 뛰어날 것이라는 선입견이 작용하는 것이다. 그 역도 마찬가지다. 이건 참으로 바보 같은 생각이다. 한 사람이 여러 면에서 뛰어날/모자랄 개연성이 전혀 없는 것은 아니겠지만, 모든 면에서 뛰어난/모자란 인간이란 애당초 존재할 수 없다. 공자, 부처, 소크라테스, 예수 같은 위대한 성인들도 예컨대, 남편으로서, 아버지로서는 완전 꽝이었음을 상기해보라. 요즈음의 최대 덕목인 '돈벌이'에서는 더더욱 말할 것도 없다. 이런 분들이 이럴진대 일개 교수였던 하이데거인들 어찌 모든 면에서 뛰어날 수가 있었겠는가. 그에게 어설픈 면모가 있는 것은 어찌 보면 너무나 당연한 일인 것이다. 하나의 '과(過)'를 가지고 열의 '공(功)'을 뭉개버리는 것은 신이 아닌 인간에게는 좀 과한 처사가 아닐 수 없다.

물론, 그렇다고 해서 그 열의 '공' 때문에 하나의 '과'가 '과 아닌 것'이 되지는 않는다. 그것을 그냥 덮어도 좋은 것은 절대 아니다. '과'는 과대로 명백한 대가를 치러야 한다. 엄격한 '구별'은 언제나 필요한 철학적 덕목의 하나인 셈이다. 따라서 평가라는 것도 당연히 양면적, 균형적이지 않으면 안 된다. 공은 공으로 과는 과로 각각 따로따로 평가할 필요가 있는 것이다.

공과 과에 대한 평가가 어설프게 치우치면서 한 사람이 '누구'인지, '어떤 사람'인지가 혼란 속으로 빠져든다. 그 때문에 사람들은 패가 갈려 싸우기도 한다. 그 패라는 것도 실은 '누구'의 한 부분이다. 눈을 똑바로 뜨고 그 실상을 잘 헤아려보지 않으면 안 된다. 당신은 누구인가? 그는 누구인가? 아니, 나는 도대체 누구인가? 적어도 백 명의 당신, 백 명의 그, 백 명의 내가 있다. 그게 바로 우리, 인간인 것이다. 공이든 과든, 한 면만으로 그 사람의 모든 것을 판단해서는 안 된다.

2015년 가을, 일본의 한 장면

관련학회의 초청을 받아 약 일주일간 일본을 다녀왔다. 동북지방인 센다이, 그리고 관동지방인 도쿄와 이치카와를 거처 관서지방인 오사카, 니시노미야, 교토를 가로지르며 학회 참석과 세 차례의 강연을 소화했으니 꽤나 강행군을 한 셈이다. 저쪽 관계자들은 1년 전부터 수차례 메일을 주고받으며 철저하게 준비를 했고, 마지막 날 공항에서 배웅의 손을 흔들 때까지 한 치의 오차도 없이 그 계획을 완수했다. 10년 세월을 일본에 살며 그런 일본을 너무나 잘 아는 터였지만 저들의 철저함에는 새삼 혀를 내두르지 않을 수가 없었다.

첫 방문지인 센다이는 '숲의 도시' 답게 초록이 풍성했다. 지난 2011년 쓰나미의 흔적은 어디에도 보이지 않았지만, 만나는 사람들의 가슴 속에는 그 악몽이 잊을 수 없는 교훈으로 남아 있는 듯했다. 어디엔가 보이지 않는 방사능이 도사리고 있을지도 모르겠지만 사람들의 생활은 평온하고 충실해 보였다. 누군가는 사진전을 열었고 누군가는 요리를 했고 누군가는 정성껏 손님을 맞이했다. 또 누군가는 고성에 올라 시가지를 내려다봤다. 표면상 모든 것이 '정상'이었다. 나는 그곳 학문의 중심인 도호쿠대학에서 '한국과 일본에서의 하이데거 연구'에 관해 소상한 논의를 전개했다. 저들은 눈빛을 반짝이며 그 이야기를 들어주었다. 한국의 만만치 않은 연구 성과와 최근의 동향에 대해 적지 않은 자극을 받은 듯한 눈치도 없지 않았다. 어려운 여건 속에서도 확실한 자랑거리를 만들어준 선배 철학자들, 그리고 동료와 후배 학자들이 참으로 고맙게 느껴지는 순간이었다. 물론 수적으로 확인된 일본의 그것은 한국을 훨씬 능가하고 있었다. 저들은 그 연장선에서 지금도 활발히 움직이고 있었다. 센다이의 조젠지도리 공원길은 아름다웠고, 인근 마츠시마의 절경은 더욱 아름다웠다. 그리고 강연 후에 베풀어진 간친회의 요리는 시각적으로나 미각적으로나 거의 예술이었다.

두 번째 방문지인 이치카와에서 나는 유학 시절 은사님의 묘소를 찾았다. 일본의 묘들이 다 그렇지만 가족 단위의 납골묘이다. 묘비명은 은사님의 친필이었다. 일본은 시내 곳곳에 위치한 사찰에 묘지가 부속돼 있다. 우리에게도 시사하는 바가 큰 묘지의 형태였다. 자택에서 기다리던 사모님은 일부러 기모노로 성장을 하고 남편의 옛 제자를 맞이했다. 최고급의 식사와 술로 점심 접대가 이어졌다. 응접실의 가구 배치는 놀랍게도 35년 전 유학 시절과 조금도 달라지지 않았다. 그분은 누렇게 변색한 35년 전의 노트를 꺼내며 그간의 방문기록 일부를 읽어주셨다. 일본의 놀라운 기록문화를 다시금 실감했다. 작별

인사 후 역까지 택시를 탔다. 백발의 운전수는 택시 좌석의 새하얀 시트커버보다도 더 깔끔했고, 그리고 정중했다. 법규준수와 안전운전은 물론 기본이었다.

세 번째 방문지인 오사카에 숙소를 정하고 이튿날 고베 인근의 간세이학원대학에서 '존재론의 사유화'라는 주제로 강연을 했다. 유럽 같은 분위기의 캠퍼스는 방문자들의 감탄을 자아냈다. 학회에는 뜻밖에 백 명이 넘는 학자들이 운집했다. 강연의 분위기는 뭐랄까, 진지함 그 자체였다. 나는 30년의 교수생활에서 그런 분위기를 별로 느껴보지 못했다. 백 수십 개의 시선이 나라고 하는 하나의 초점으로 모아졌다. 단 하나의 흐트러짐도 없는 그 긴장감. 그건 보람이기도 했다. 아마도 '한국인의 강연'이라는 것에 대한 호기심도 있었을 것이다. 나는 나름의 자부심으로 그 내용을 채워나갔다. 저들의 반응은 감동적이었다. "홀린 듯이 들었다", "일본이 잊어버린 제대로 된 철학", "일본인보다 더 훌륭한 일본어" 등등, 듣기 거북할 정도의 찬사가 귀를 간지럽게 만들었다. 저들의 소위 '다테마에(建前, 본심과 다른 인사치레)'일지도 모르겠으나, 나의 정성 혹은 수준에 대한 응답 내지 평가라는 인상이 없지 않았다. 그것은 고마운 일임에 틀림없었다. 강연 후의 간친회는 화기애애했다. 술자리에서도 '질의응답'은 진지했다. 가게 한쪽 구석에서는 주방장이 최고의 정성으로 닭꼬치를 굽고 있었다. 각자 자기 몫의 회비를 계산해 내고 헤어졌다.

네 번째 방문지인 교토에는 때마침 3연휴로 엄청난 사람들이 북적대고 있었다. 기모노 차림의 아가씨들과 함께 군데군데 천 년 전의 모습들이 드물지 않게 펼쳐져 있었다. 구경거리는 넘치고 넘쳐 짧은 시간에 그 백 분의 일도 제대로 보지 못했다. 교토대학 관계자의 접대는 정중하고도 융숭했다. 고맙게도 시내 한복판의 전통여관을 숙소로 준비해줬다. 이름 높은 그 대학에서 나는 '궁극의 철학'이라는 주제로 강연을 했다. 강연이 한 시간, 질의응답이 한 시간이었다. 이건 발표자가 거의 바닥을 드러낼 수밖에 없는 시간이었다. 대충 때우는 형식적 행사가 아니었다. 제대로 된, 본격적인 학문적 토론이 이어졌다. 특히 젊은 신진학자들의 반짝이는 눈빛은 참으로 인상적이었다. 나는 국적을 떠나 그들에게 학문적 어드바이스를 했고, 그들은 가슴 깊이 그 말을 새기는 듯했다. 강연 후 요릿집에서의 간친회는 천년고도의 분위기와 너무나 잘 어울렸다. 예술적인 요리와 술은 이 강연행사의 화룡점정이었다. 천년의 고찰들은 밤이 되자 화려한 불빛으로 재단장을 했다. 그렇게 그들은 관광객의 눈길을 사로잡고 있었다.

한편 그날 밤, 도쿄의 국회의사당에서는 이른바 '안보법안'이 강행 통과되었다. 일본은 그렇게 또다시 전쟁 가능한 국가로 탈바꿈했다. 저쪽 관계자의 한 사람은 그것을 항의하는 데모대의 선두에서 가두연설을 하고 왔노라 했다. 아끼는 후배 교수 한 명은 미국에 의해 주어진 일본의 어설픈 민주주의를 비판하면서 미래의 일본에 대해 깊은 우려를 토해내고 있었다.

귀국하는 비행기에서 내려다본 2015년의 일본은 아직 푸르렀다. 그 푸르름 속에 저들의 친절과 철저한 준비와 융숭한 대접과 진지한 토론과, 그리고 강행 처리의 의사봉 소리와 데모대의 고성과 혐한을 부추기는 우익의 음모와 맛있는 요리와 아름다운 야경 …, 그 모든 것이 다 함께 어우러져 있었다.

양과 질의 관계

한때 우리나라의 지성계에도 큰 영향을 끼쳤던 헤겔의 철학에 '논리학'이라는 것이 있다. 그의 논리학은 일반에게도 널리 알려진 아리스토텔레스의 이른바 연역논리나 베이컨의 이른바 귀납논리와는 크게 다르다. 극단적으로 단순화시켜 말하자면 그의 논리는 '내용의 논리', '현실의 논리', '운동의 논리', '변화의 논리'다. 구체적 현실이 어떻게 운동, 변화해가는가 하는 논리적 구조를 알려주는 것이다. 그의 철학이 비록 '추상적 사변'으로 유명하지만, 아이러니하게도 그 자신은 '구체적', '객관적', '현실적', '이성적'이라는 것을 엄청 강조한다.

물론 그의 철학, 그의 논리학이 일반인들에게 이해되기는 쉽지 않다. 철학자들이라고 별로 다르지도 않다. 일부 헤겔 전공자들을 제외하고는 철학자가 읽어도 머리에 쥐가 나는 것이 헤겔의 철학이다. 심지어 저명한 영국 철학자 러셀 같은 이는 그의 철학을 아예 철학으로 치지도 않는다. 하지만 그럴수록 거기서 많은 시사를 얻을 수 있다는 게 헤겔 철학의 장점이자 매력이기도 하다. 자유롭고 다양한 해석이 얼마든지 가능한 것이다. 그렇게 응용한 것이 또한 마르크스의 이른바 유물변증법이기도 하다.

골치를 아프게 할 의도는 전혀 없다. 한 가지 그의 철학을 원용하기 위해서, 그리고 교양의 한 토막을 소개하기 위해서 잠깐 그의 철학을 언급했을 뿐이다. 헤겔의 그 논리학에 보면 '질이 양으로 변하고 양이 질로 변하는' 양과 질의 관계를 논하는 흥미로운 대목이 있다. (전문적인 철학이론을 밀쳐두고 생각해보면 양이란 많고 적은 것, 크고 작은 것, 넓고 좁은 것, 높고 낮은 것 … 그런 것을 말한다. 그리고 질이란 맞고 틀린 것, 좋고 나쁜 것, 좋고 싫은 것, 옳고 그른 것, 곱고 추한 것 … 그런 것을 말한다. 참고로 헤겔의 선배인 칸트는 '하나, 여럿, 모두'를 '양'으로, '긍정, 부정'[즉, 이다, 아니다]을 '질'로 간주했다.) 나는 헤겔에 대해 비판적인 하이데거의 철학을 전공했지만, 개인적으로는 헤겔 철학의 이런 대목(현실 변화의 논리적 구조를 논하는 대목)에 관심이 많다. 예컨대 이런 생각을 하기 때문이다:

나는 머리 좋은 헤겔이 괜히 이런 말을 한 것은 아니라고 본다. 양과 질은 분명히 뭔가 관계가 있다. 질은 양을 변화시키고 양은 질을 변화시킨다. 이를테면 옳은 것, 좋은 것, 아름다운 것은 크고 많을수록 어떤 식으로든 질적 수준을 높이는 데 기여하고, 그른 것, 나쁜 것, 추한 것은 크고 많을수록 질적 수준을 떨어뜨리는 데 기여한다. (은행들과 기업들의 통합이 경쟁력 향상에 기여하는 것도 그런 경우일지 모르겠다. 또한 오답이 많을수록 성적이 내려간다는 것도 한 예가 될지 모르겠다. 옳은 일도 목소리가 작고 적으면 나쁜 현실을 바로잡을 수 없다는 것 또한 비슷한 경우다.) 반면에 질적 수준이 높은 것은, 크고 강하고 많은 양적 수준을 올리는 데 역시 결정적으로 기여한다. (고품질의 상품이 수익 신장에 기여하는 것도 그런 경우일까?) 아무튼 그런 것을 헤겔은 질량의 관계, 질량의 통일이라고 생각했다.

그렇다면 지금 우리 사회는 어떠할까? 지금 이곳의 우리 현실에는 과연 질적 수준에 기여하는 '옳은 것, 좋은 것, 아름다운 것'이 양적으로 '얼마나' 될까? 질적 수준을 떨어뜨리는 '그른 것, 나쁜 것, 추한 것'은 또 얼마나 될까? 내가 보기에, 진과 선과 미는 적고 작으며, 위와 악과 추는 참으로 크고 그리고 많다. 우리 주변에 '넘쳐난다.' 그것을 일일이 나열하자면 아마 책 몇 권으로도 모자랄 것이다. 적어도 나의 '건전한 이성'에 포착되는 우리의 현실은 그렇다. 우리의 주변을 한번 둘러보자. 우리의 동네에 도로에, 우리의 학교에 직장에, 우리의 관청에 의회에 법정에 … 만연된 악을 발견하는 것은 결코 어려운 일이 아닐 것이다. 나의 주위, 학문세계에도 이를테면 연구부정, 시험부정 같은 비리가 첩첩으로 쌓여 있다. 그 모든 것들이 우리 사회의 질을, 따라서 삶의 질을 심각하게 저하시키고 있는 핵심들인 것이다. 그렇게 양은 질을 변화시키고 질은 양을 변화시킨다.

우리가 만일 우리가 사는 이 사회의, 이 현실의 '질적 수준'에 조금이라도 관심이 있다면, 한 번쯤 철학자들의 견해를 참고하면서 진지하게 반성해볼 필요가 있지 않을까. 요즘 대세대로 만일 현실의 양과 질을 '숫자로' 표현해본다면, 지금 우리의 진실과 거짓, 옳음과 그름,

아름다움과 더러움은 1에서 10 중 어디쯤에 위치하게 될까? 좀 과장하자면 전자(진, 선, 미)는 어쩌면 1에 가깝고, 후자(위, 악, 추)는 어쩌면 10에 가깝지는 않을까? 아마 크게 틀리지는 않을 것이다.

우리는 알게 모르게, 의식적 무의식적으로, 그 어느 쪽인가에 가담한다. 이는 거의 불가피한 필연이다. 방관도 침묵도 자칫하면 악에게 이용당해 그쪽에 힘을 실어줄 수가 있게 된다. 살아보니 그랬다. 우리가 마음 편히 숨을 곳은 없는 듯하다.

질을 위해서 하나라도 양을 늘려가야 하고 키워가야 한다. 이제 우리는 어느 쪽에 숫자 하나를 보탤 것인가? 선인가 악인가? 질적 제고인가 질적 저하인가? 지금 이 순간도 그것이 우리의 선택과 결정을 요구한다.

권력에 관한 단상

한때 우리의 지성계를 장악했던 미셸 푸코의 철학에 보면 한 가지 흥미로운 대목이 있다. '권력'에 관한 이론이다. 극도로 축약해서 말하자면 '우리가 사는 이 인간세상에는 거미줄처럼 촘촘한 권력의 그물망이 쳐져 있어 인간 행위의 거의 모든 것이 권력관계 안에 놓여 있다'는 것이다. 손가락 하나, 말 한마디로 사람을 죽이고 살리고 했던 예전의 그 정치권력(그의 표현으로는 '죽음의 권력')만이 권력이 아니라는 말이다. 살기 위한 인간의 일거수일투족이 다 모종의 권력(즉, 힘)에 의해 움직여진다. 삶의 실상을 들여다보면 이것은 참으로 예리한 통찰이 아닐 수 없다. 법이나 제도는 말할 것도 없고, 그의 연구대로 감옥도 병원도 성도 다 권력이다. 돈도 권력이고 문화도 지식도 또한 권력이다. 우리를 실질적으로 움직이게 하는 것이 다 권력이라면 가족도 권력이고 TV도 신문도 인터넷도 폰도 역시 권력이다. 싸이도 권력이고 소녀시대도 김연아도, 그리고 요즘 같으면 대한이 민국이 만세도 물론 권력이다. 드라마 같은 것은 더 막강한 권력이다. 김은숙의 드라마는 거의 절대권력이다. 그 자체가 우리를 그들 앞으로 불러 세우는 명령이니까. 그리고 엄마의 잔소리도 아이의 투정도 또한 권력이다. 우리로 하여금 무언가를 하게 하니까. 그러니 권력의 그물망이라는 푸코의 표현은 그야말로 확실한 진리의 일면이 아닐 수 없다.

좀 맥락이 다르긴 하지만 이런 철학적 통찰은 사실 2,300여 년 전의 아리스토텔레스에게도 이미 존재했다. '존재의 원인', '운동의 원인'으로 그가 제시한 이른바 형상, 질료, 동력, 목적이 넓은 의미로 보자면 다 권력인 것이다. 어떤 '움직임'이라는 결과와 그 움직임을 야기하는 원인의 관계가 그만큼 보편적 진리라는 하나의 방증이 된다. 그래서일까? 토마스 아퀴나스는 이 모든 것의 근원을 신이라고 해석했다.

그런데 이러한 권력에도 역시 부침이 있는 것 같다. '권불십년'이라는 말은 비단 정치권력, 죽음의 권력뿐만 아니라 이런 보편권력, 추상권력, 삶의 권력에도 해당되는 것이다. 예컨대 이른바 '교양'이나 '지성'이라는 것을 생각해보자. 요즘 말하는 소위 인문학이라는 것이, 즉 문학, 사학, 철학이 그 핵심에 있었다. 한 시절 전만 하더라도 이런 것들은 분명히 일종의 권력이었다. 사람들을, 특히 젊은 청년들을 그것으로 향하게 하는 힘이 있었으니까. 사람들은 당위인 듯 그런 종류의 책을 읽었고 그런 종류의 강의와 강연에 열광하기도 했다. 당연히 그런 주제에 관한 토론도 살아 있었다. 나만 하더라도 1970년대의 대학

시절에 톨스토이의 《부활》을 읽느라 밤을 꼬박 지새운 적이 있었고 임어당의 《생활의 발견》을 구하기 위해 청계천의 헌책방을 이 잡듯이 뒤진 적이 있었다. 이웃나라 일본에서는 그보다 더 옛날, 니시다 키타로의 《선의 연구(善の研究)》를 사기 위해 출간 전날부터 젊은이들이 서점 앞에 줄을 섰다는 신화 같은 이야기도 전해진다. 마치 지금의 젊은이들이 새 모델의 스마트폰을 구입하기 위해 줄을 서는 것처럼.

객관적으로 보자면 그때 그 시절의 그 책이나 그 강의, 그 강연들보다 훨씬 더 우수한 것들이 지금 결코 적지가 않다. 그런데도 그것들은 이미 젊은이들의 관심을 끌지 못한다. 서점에서도 도서관에서도 강의실에서도 그들의 선택을 받지 못하고 초라하게 한쪽 구석으로 내몰려 먼지를 쓰고 있다. 권좌에서 밀려난 것이다.

그 대신 지금 그 자리를 차지하고 있는 것들은 무엇일까? 도처에서 눈에 띄는 것들은 대부분 '수'다. 숫자는 지금 자본이라는 군대를 거느리며 온 세상을 지배한다. 전통적으로 인간의 행위를 좌우하던 이른바 3대 욕망, 부, 지위, 명성의 지향도 지금은 거의 돈으로 일원화된다. 권력도 명예도 이미 돈의 휘하로 들어간 지 오래다. 물론 그리스도나 부처가 아니고서야 지금 누가 감히 저 자본의 권위에 머리를 조아리지 않을 수 있겠는가. 하지만 그것이 유일의 독재권력이 된다면 그것은 역시 문제다.

우리는 교양과 지성이 연출하던 아름다운 풍경을 아직도 아련한 마음으로 기억한다. 그것이 다시금 사람들에게 명령을 내릴 수 있도록 힘을 실어줄 길은 없는 것일까? 그 인간적인, 품격 있는 권력의 부활을 위해 동지를 좀 규합해봐야겠다. 정치권력의 지원이 절실한 요즈

음이다. 위나라로 갔던 공자와 시라쿠사이로 갔던 플라톤의 심정도
아마 지금의 나와 비슷했을 것이다.

구시렁구시렁

8월의 더위 탓인지 머릿속이 멍한 채 도무지 정리가 되지를 않는다. 이럴 때는 한 번쯤 '논리정연함'이라는 학자적 의무감을 벗어나 삐뚤삐뚤 제멋대로 나는 나비의 날갯짓 같은 두서없는 글을 써보는 것도 나름 의미가 없을 것 같지는 않다. 어쨌든 꽃을 찾아가 앉기만 한다면.

나는 10여 년간 외국 생활을 한 때문인지 '한국의 상태'에 대해 정말이지 관심이 많다. 그 핵심에는 '사랑하는 나의 조국이 내가 살아본 저 선진국들처럼, 아니 저 나라들보다 더 수준 높은 선진국이 된다면 정말 좋겠다'는 간절한 염원 같은 것이 자리하고 있다. 이건 '민족적 자존심'이라는 나의 불치병과도 관련이 있다.

그런데 나의 감으로는 그게 참 쉽지는 않을 것 같다. 우리 주변에 선진국으로 가는 발걸음을 죽어라고 잡아당기는 '문제'들이 너무나 많기 때문이다. 대오각성이든 개과천선이든, 어쨌든 그 문제들을 넘어서지 않으면 선진국의 문은 절대로 열리지 않는다. 단언한다.

사람들마다 그 더듬이에 잡히는 문제는 각각 다르겠지만, 나의 경우에는 이런 것들이 있다. 지극히 개인적이지만, 그 몇 가지를 '투덜거림'이라는 형식으로, 단 '애국'이라는 입에 담아 나열해보기로 한다.

우선, 사람들이 너무 찢어져 있다. 똘똘 뭉쳐 역량을 결집해도 저 문턱을 넘어서기가 쉽지 않은데, '나'나 '우리 패거리'가 아니면 모조리 원수다. 동서, 남북, 좌우, 상하, 게다가 이젠 전후(세대), 원근(수도권과 지방)까지 갈가리 찢어져 그 사이에는 살벌한 증오의 강물이 흐르고 있다. 이래 가지고서야 무엇 하나 제대로 될 턱이 없다.

다음, 낭비와 비효율이 너무 심하다. 일례로 엄청난 대졸 실업자. 저들이 지금까지 지불해온 교육비를 생각해보라. 세상에 이런 바보짓이 어디 있는가. 그 천문학적인 돈, 그 열정을 일찌감치 직업교육에 투자했더라면 진작에 선진국이 되고도 남았을 것이다. 또 이런 것도 있다. 내가 종사하고 있는 학문세계에 요즘 학회통합의 바람이 불고 있다. 정부에서 소위 '평가'와 '지원'을 빌미로 가하는 압력 때문이다. 나의 경험상, 학회는 자생적으로 자라온 소규모 전문학회가 가장 효율적이다. 대규모 학회는 지금까지의 형태로도 충분한 의미가 있다. 조화롭게 양립해왔는데 왜 군이 소규모 전문학회를 죽이려 하는지, 그 관료적 발상은 기이하기까지 하다. 이런 일들이 우리 사회에 하나 둘이 아니다.

다음, 언어의 저질화다. 청소년들의 욕설이나 소위 SNS를 떠다니는 '아무래도 좋은' 혹은 '무책임한' 혹은 '가시 돋친' 언어들…. 보통 심각한 문제가 아니다. 이른바 교양이나 지성을 담은 언어들, 특히 품격 있는 인문학적 언어들은 거의 빈사상태에 있다. 거기에 결정타를 가하는 것이 저 방송사의 드라마들이다. 사람들은 잘 모르겠지만, 방송이란 이 시대 문화권력의 정점에 있다. 그 막중한 사회적 책임을 담당 피디와 작가들조차도 망각하고 있는 모양새다. 시청률, 광고수익, 그런 것 때문인가? 그런 걸 감안한다 치더라도 요즘 전파를 타고 있는 일부 드라마들을 보면 경악을 금할 수 없는 지경이다. 어떨 때는 분노가 치밀기도 한다. '어떻게 저런 저질 언어, 저질 내용, 저질 설정들이 버젓이 저녁의 황금 시간대에 방영될 수가 있단 말인가.' (물론 세계 최고 수준의 고품격 드라마들도 적지는 않다. 그런 건 너무나 자랑스럽다.) 내가 철학자로서 수도 없이 강조해온 대로 언어는 영혼의 구성요소다. 정신의 대기다. 주변에 떠다니는 언어들을 알게 모르게 호흡하면서 우리의 영혼, 정신이 그 언어에 물드는 것이다. 그런데 책임 있는 방송사들이 저런 싸구려 저질 언어들을 마구잡이로 세상에 퍼트리면 도대체 어쩌자는 것인가. 가정교육, 학교교육, 사회교육이라는 3대 교육 채널이 모조리 망가졌다고 한탄들을 하는데, 사회교육의 핵심에 있는 방송이 이 지경이면 정말 할 말이 없는 것이다. 한류 드라마의 영광은 도대체 어디로 사라진 걸까? 그런 훌륭한 작품을 만든 저 거장들은 지금 도대체 어디서 무엇을 하고 있는 걸까?

　다음, 미학의 부재. 건물, 교량, 자동차 등등을 비롯해서 세계인의 눈길을 사로잡을 디자인이 너무나 빈약하다. 멀리 갈 것도 없다. 서울

한강에서 배를 타고 여의도에서 잠실까지만 가봐도 안다. 이 아름다운 강변에 관광객들의 찬탄을 불러올 만한 건물과 교량이 하나라도 있는가? 천문학적인 돈을 들여 꾸몄다고 하는 여의도 한강공원과 샛강에 가보더라도 미학의 부재는 참으로 우리의 가슴을 아프게 할 뿐이다.

한도 끝도 없다. 하지만 이것들이 그냥 한 불평불만분자의 투덜거림으로 끝나도 되는 걸까? 진정한 선진국이 되고자 하는 열망은 과연 헛된 것일까? 나는 포기할 수가 없다. 이런 글쓰기를 통해 다만 한두 명이라도 공감하는 동지를 얻을 수만 있다면 이런 구시렁구시렁도 전혀 의미가 없지는 않을 터. 왜냐고? 이것도 일종의 사회적 발언에는 틀림없는 거니까.

그런데, 하여간 덥다. 이놈의 더위도 지구 온난화 때문인가? 아마도 화석연료가 주범이겠지? 무공해 전기차나 수소차는 도대체 언제쯤 나오는 걸까? 어쨌거나 빨리 좋은 시대가 와야 할 텐데. 통일도 돼야 할 텐데. 투덜투덜, 구시렁구시렁.

부러움에 대하여

오랜만에 옛 대학 친구들이 다시 모였다. 한 친구가 어떤 검사를 해 봤더니 자신은 행복도가 백 퍼센트로 나왔다고 은근히 자랑했다. 다른 한 친구가 그 친구에게 '부럽다'고 했다. 둘 다 할 만큼 하면서 성공적으로 살아온 친구다. 문득 궁금해졌다. '부럽다'고 한 친구는 도대체 무엇을 기준으로 그런 말을 한 것일까?

일반인들은 아마 잘 모르겠지만 철학에는 '기준'에 관한 논의가 있다. 가장 유명한 것은 저 빈학파(Wiener Kreis)의 논리실증주의가 전개했다. 즉, 진정한 과학과 사이비 과학의 구획 기준은 무엇인가 하는 논의다. 그들은 이른바 '검증 가능성'을 그 기준으로 제시했다. 원칙적으로 검증 가능한 것은 '과학'이고 검증 불가능한 것은 '사이비 과학'이라는 것이다. 그래서 예컨대 영혼의 불멸이나 신의 존재 같은 것을 논하는 이른바 형이상학은 애당초 검증 불가능한 것을 다루므로 그들에게는 사이비 과학으로 치부되었다. 이런 입장에 대해 칼 포퍼가 제기한 반론도 있지만 골치 아프고 딱딱할 수도 있으니 자세한 것은 생략한다.

중요한 것은, 그 '기준'이라는 것이 그만큼 대단한 철학적 주제라는 것이다. 하기야 생각해보라. 우리가 옷 하나를 고를 때도 각자 나름의 기준이 있다. 식당에서 메뉴를 고를 때도 기준이 있다. 집을 살 때도 당연히 기준이 있다. 누구는 색, 누구는 크기, 또 누구는 맛, 누구는 영양, 그리고 누구는 남향, 누구는 전망 기타 등등. 결혼을 할 때도 예컨대 외모, 인품, 성격, 집안, 능력 등등이 기준으로 작용하고, 입학이나 취직 같은 경우는 이것이 더욱 엄격해진다. 인간들의 어떠한 선택, 어떠한 판단에도 '기준'이 작용한다. 이것이 결국은 '좋고 나쁨'을 판가름한다. 때로는 이것이 인생과 역사의 방향을 결정짓기도 한다. 그래서 그 기준은 객관적이고 엄정하고 그리고 타당한 근거를 지녀야 하는 것이다. (물론 그 기준이 주관적인 경우도 당연히 있다. "평양감사도 저 싫으면 그만"이나 "제 눈에 안경"이라는 속담도 아마 '주관적 기준'이 작용하는 대표적인 사례라 할 수 있겠다. 이 경우 그 기준은 그 사람의 '가치관'이 된다.)

사실 정답은 없다. 기준이 객관적이어야 할 경우도 있고 주관적일 수 있는 경우도 있다. 채점이나 평가를 할 경우라면 객관적이어야 하고, 문화를 즐기는 경우라면 주관적이어도 좋다. 대통령이나 국회의원 혹은 기관의 장을 선거할 경우라면 철저하게 객관적이고 타당한 기준이 있어야만 한다. 또 여행을 할 경우라면 이 기준이 주관적이고 다양할수록 오히려 더 바람직할 수도 있다. '기준'은 그렇게 우리네 생활의 곳곳에서 실제로 작용하고 있다.

그때 그 기준은 무엇보다도 '구체적'이어야 한다. 저 '부러움'의 경우도 마찬가지다. 그 사람의 '무엇'이 부럽냐는 것이다. 부러움이라는 현상은 물론 '내가 갖지 못한 무언가 좋은 것을 그/그녀가 갖고 있을 때 생기는 것'이지만, 그것을 가만히 들여다보면 여기에도 각자 나름의 구체적인 기준이 작용함을 알 수가 있다. 예컨대 우리는 그/그녀의 잘생긴 외모를, 그의 인기를, 그의 지위를, 혹은 권력을, 재력을, 재주를 … 부러워한다. 우리가 부러워할 만한 일들, 부러워할 만한 사람들은 우리 주변에, 아니 온 세상에 널려 있다. 그런 부러움은 때로 '비교'로 이어져 시기와 질투를 낳고 경우에 따라서는 그것이 자신을, 혹은 그/그녀를, 혹은 양자 모두를 괴롭히고 상하게 하는 경우도 있다. 그렇게 문제로 이어지는 부러움은 대체로 그 가치판단의 기준이 자신이 아닌 바깥에, 남에게, 타인에게 있다. 특히나 자기 능력의 바깥에 있다. 어떻게 보면 '남'이 나의 기준이 되는 것이다. 이런 것을 철학에서는 '어리석음'이라고 일컫는다. '참된 진실'을 모르고서 자신을 괴롭히니 어리석음인 것이다. 따라서 그 '참된 진실'을 알고 자신의 무겁고 불편하고 괴로운 마음을 놓아주는 것은 '지혜'가 된다. (물론 타인을 기준으로 삼아 모자라는 자신을 채찍질하여 향상을 도모하는 것은 더욱 지혜이며, 자신을 위해서나 세상을 위해서나 꼭 필요한 일이기도 하다. 문제가 되는 것은 다만 자신을 괴롭히고 타인에게 해악을 끼치는 그런 경우다.)

어느 날 문득 이런 생각도 내 머리를 스쳐갔다. 누군가를 부러워하는 것은 그 사람의 일부를 그 사람의 전체로 잘못 판단하기 때문은 아닐까 하는 생각. (논리학에서는 그런 것을 부당주연의 오류, 혹은 성급한 일반화의 오류라고도 부른다.) 부분이 전체를 결정하지는 않는다. 완벽하게 모든 것이 부럽기만 한 사람은 세상 어디에도 없다. 아무리 부러운 그도 그녀도 절대 부러울 수 없는 힘든 부분은 반드시 있다. 다만 그것이 남에게 잘 보이지 않을 뿐이다. 아무리 못난 나에게도 그에게도 남이 부러워할 부분이 하나둘은 반드시 존재한다. 다만 그것이 나에게 잘 보이지 않을 뿐이다. 아무리 잘난 대통령도 재벌총수도 나만 못한 부분이 반드시 있다.

그래서 나는 행복도 백 퍼센트라고 자랑하는 친구가 부럽다고 한 그 친구에게 이런 말을 들려주었다. (그는 지금 여러 가지 사정으로 좀 힘들어한다.) "누군가를 부러워하는 것은 그 사람이 어떻게 사는지를 모르기 때문이 아닐까. 그리고 그의 미래를, 그의 전체를 아직 모르기 때문이 아닐까"라고. 그 친구는 그 말을 듣고 웃었다. 나는 이런 말로 그의 마음이 조금이라도 위로받고 편해지기를 진심으로 바란다. 다른 것은 몰라도 적어도 행복의 기준은 남에게 있지 않고 내 안에 있다. 마음에 있다. 이 글이 지금 남과의 비교로 힘들어하는 누군가에게도 그 극복을 위한 하나의 단초가 된다면 좋겠다.

기준

철학에는 수백 수천의 흥미로운 주제들이 있는데, 그중 하나로 '기준'에 관한 논의가 있다. 나는 이것을 대단히 중요한 것으로 평가하는 편이다.

예컨대 빈학파(Wiener Kreis)의 '논리실증주의'라는 것이 있는데, 거기서 이른바 진정한 과학과 사이비 과학의 '구획 기준'이 논란이 된다. 그들은 이른바 '검증 가능성'이 그 기준이 된다고 주장했다. 예컨대 '영혼은 불멸이다', '신은 존재한다' 같은 형이상학적 명제들은 검증 불가능하므로 과학적 명제가 될 수 없고, '물은 100도에서 끓고 0도에서 언다', '지구는 자전하고 공전한다' 같은 명제들은 검증 가능하므로 과학적 명제가 될 수 있다는 식이다. 물론 칼 포퍼 같은 이는 이런 기준이, 그 검증의 도구인 귀납에 한계가 있으므로, 절대적 기준이 될 수 없다면서 이른바 '반증 가능성'을 그 대안으로 제시했다. 왜냐하면 '모든 까마귀는 검다' 같은 명제는 소위 전수검사가 불가능하므로, 즉 '귀납'에는 한계가 있으므로, '반증사례', 즉 '검지 않은 까마귀'가 제시되어 이 명제가 반박될 때까지 잠정적인 진리의 자격을 가질 뿐이라는 것이다. 이른바 지식시장에 의견의 형태로 명제들이 제시되고 그중 반론을 꿋꿋이 견뎌낸 것들이 한시적으로 진리의 자격을 갖는 셈인 것이다. 그러나 일단 반증할 수 있느냐, 아예 반증 자체가 불가능한 것이냐 하는 것은 의미가 있으므로 그게 과학과 비과학의 기준이 되어야 한다는 주장이다. 나는 대학 시절 이런 논의들이 꽤나 흥미로웠다.

그런데 기준의 논의는 비단 이런 것으로 다가 아니다. 이를테면 이런 것도 있다. 공자의 철학에 보면 "富與貴, 是人之所欲也. 不以其道得之, 不處也. 貧與賤, 是人之所惡也. 不以其道得之, 不去也"라는 말이 있다. "부유하고 존귀한 것은 사람들이 다 바라는 바이지만, 도로써 얻는 것이 아니라면 거기에 머물지 않는다. 가난하고 비천한 것은 사람들이 다 싫어하는 바이지만, 도로써 얻는 것이 아니라면 거기서 떠나지 않는다"는 말이다. 현대식으로 풀이하자면 부자가 되고 높은 사람이 되는 것을 사람들이 다 추구하지만 그 수단은 정당해야 한다는 것이다. '도로써(정당하게)'라는 것이 그것을 추구할 것인가 말 것인가 하는 기준이 되어야 한다는 말이다. 공자의 윤리적, 도덕적 기준인 셈이다.

이런 논의는 이 밖에도 얼마든지 많다. 그렇듯 모든 판단과 선택에는 그때그때 '기준'들이 작용한다. 그것은 일률적이지 않다. 사안에 따라 사람에 따라 다 다르다. 바로 그래서 이게 중요한 것이다. 우리는 사람들의 그런 기준이 무엇인지, 사람들이 무엇을 기준으로 삼는지를 유심히 들여다보지 않으면 안 된다. 왜냐하면 그 기준들은 판단과 선택에서 실질적으로 작용하는 힘이고, 그리고 그것은 그것을 기준으로 삼는 그 사람의 가치관을, 즉 정체를 드러내 보여주기 때문이다.

저 유명한 맹자의 경우를 보자. 맹자가 양나라 혜왕을 만났을 때 혜왕이 그에게 말했다. "叟不遠千里而來, 亦將有以利吾國乎(선생께서 불원천리하고 와주시니 또한 장차 우리나라를 이롭게 할 게 있으시겠지요)." 그랬더니 맹자는 이렇게 답했다. "王何必曰利. 亦有仁義而已矣(왕께서는 왜 하필 이로움을 말씀하십니까? 오직 어짊과 의로움이 있을 따름입니다)." 워낙 유명해서 사람들은 무심코 이 말을 듣고 넘기지만, 여기서 우리는 그 혜왕과 맹자의 판단기준, 행동기준이 다름을 읽을 줄 알아야 한다. 혜왕의 기준은 '이로움'이고 맹자의 기준은 '어짊과 의로움'이었다. 그렇게 그 기준이 다른 것이다. 거기서 혜왕과 맹자의 인간적 차이가 드러난다.

그러면 지금 이 시대를 사는 우리의 기준은 어떤가? 우리의 생각과 판단과 선택과 행동의 기준은 무엇인가?

나의 이로움, 우리 패거리의 이로움, 돈, 권력, 출세, 인기 … 그런 것 말고 또 어떤 기준이 우리의 내부에서 (나의 내부에서, 우리 사회의 내부에서) 실질적인 힘으로서, 강력한 힘으로서 작용하고 있을까? 우리는 그것을 부끄러움 없이 사람들에게 드러낼 수 있을까? 아니, 사람들은 적당히 속여 넘긴다 치더라도, 이른바 염라대왕이나 혹은 전지전능한 신에게 그걸 떳떳이 드러낼 수 있을까? 매일매일 언론에 보도되는 사건들을 보면 사람들의 그 판단기준, 행동기준이 도대체 무엇인지, 의아함을 넘어 경악을 금할 수가 없다. 나의 기준으로는 지금 내가 살고 있는 이 한국사회와 이 2016년이 부끄러워서 고개를 들 수가 없다. 철학적, 윤리적 기준론을 수능에 필수문제로 출제하면 어떨까, 그렇게라도 '가치'라는 걸 좀 가르쳐야 하지 않을까, 오죽하면 그런 생각도 스쳐간다.

'선진'의 기준

나는 오랜 세월 동안 '인생론'이라는 교양과목을 강의하고 있는데, 수강생이 많은 관계로 기말 평가에 언제나 어려움을 겪고 있다. 그래서 비교적 답하기 쉬운 단답식 문제를 내고 있다. 이번 학기에는 '선진사회의 진정한 기준은 무엇인가?' 하는 취지의 문제를 학생들에게 제시해봤다. 적지 않은 학생들이 '합리성'과 '공공성' 그리고 '타인에 대한 배려'를 답으로 적어주었다. 강의 도중에 여러 차례 강조했던 내용이라 나는 내심 흡족했다. (이것들은 현대 독일 철학과 프랑스 철학의 핵심 개념 중 하나이기도 하다.)

우연이지만 어떤 원로 목사님 한 분이 인터넷에 올린 글을 읽었는데, '선진한국'과 '통일한국'을 위해 힘써야 하지 않겠느냐는 취지였다. 평소에 내가 강의시간에 강조하던 바라 공감하고 또 공감했다.

국가사회라는 것이 인생의 한 결정적인 조건인 한 우리는 몸담고 있는 국가의 상태나 수준에 관심을 갖지 않을 수가 없다.

우리나라가 진정한 선진국이 되기를 바라지 않는 국민은 없을 것이다. 하지만 그것은 이른바 GDP니 1인당 국민소득이니 하는 지표의 달성만으로 이루어지지는 않는다. OECD 회원국이라고 해서 다 선진국은 아닌 것이다. 우리는 우리나라를 진정한 선진국으로 만들기 위해 무언가를 하지 않으면 안 된다. 결국은 '삶의 질'이 문제인 것이다. 그것을 위해 우리는 거의 혁명적 수준의 의식개조, 인간개조를 시도하지 않으면 안 된다.

저물어가는 2014년의 한국사회를 보면 '선진국'이라는 것은 참으로 요원해 보인다. 일일이 헤아릴 수도 없는 불합리, 무질서, 이기심 … 그런 것들이 이 사회를 가득 채우고 있다. 언뜻 떠오르는 대표적 사례 중의 하나가 도로변 주차다. 흔히 거론되는 소방차의 진입 방해는 말할 것도 없고 통행에서의 불편과 위험은 이만저만한 것이 아니다. 우리는 그런 불편과 위험에 너무나도 익숙해져버려서 대부분은 그런 것을 당연한 것으로 받아들이고 있다. 문득 지난 1년간 거주했던 미국의 보스턴이 생각났다. 거기도 오래된 도시라 주차난은 심각했고 따라서 길거리 주차가 없는 것은 아니었다. 하지만 그것은 철저하게 유료화되어 있었고, 그 허용 시간도 길어 봤자 두 시간이었다. 조금만 어겨도 칼같이 '딱지'가 붙게 되고 과태료의 납입은 엄청나게 불편했다. 결과적으로 규칙과 질서를 '지키는' 것이 훨씬 더 편하도록 되어 있었다. 이를테면 그런 것이 '합리성'이고 '공공성'이다. 나의 약간의 불편을 모두의 일반적 편의를 위해 감수하는 것, 그런 것이다.

세금도 그렇다. 우리 사회에는 엄청난 규모의 탈세가 있다. 그래서 모든 수익체에게는 '세무조사'라는 것이 공포의 대상이 되는 것이다. 떳떳하다면 두려울 것이 뭐가 있겠는가. 이른바 선진사회에서는 성실한 납세자가 실질적으로 각종 혜택을 받게 되고, 불성실한 납세자, 탈세자는 재기 불가능할 정도의 불이익을 받게끔 제도적, 구조적 장치가 마련되어 있어서 효과적으로 작동하고 있다. (이를테면 대출도 납세 실적과 연동되는 그런 구조다.) 그렇게 마련된 세금은 국민과 국가를 위해 효과적으로 집행이 된다. 우리 사회에서는 아직도 연말이 되면 집행 잔액의 처리를 위해 멀쩡한 보도블록을 갈아치운다. 그렇게 낭비되는 피 같은 세금이 아마도 천문학적 규모일 것이라고 대부분의 국민들은 '짐작'하고 있다.

그런 불합리는 우리들의 생활주변 곳곳에 만연돼 있다. 예를 들어 대학교수가 개인적 사정이 생겨 "다음 주는 휴강!"이라고 하면 학생들은 "와!" 하고 뛸 듯이 기뻐한다. 바로 그 수업을 위해 자신이 수백만 원의 등록금을 냈다는 사실은 까맣게 잊고 있는 것이다. 생각해보면 이런 불합리가 어디 있는가. 예전에 독일 프라이부르크대학에서 객원으로 지낼 때 전국적으로 동맹휴업 사태가 벌어진 적이 있었다. 그때 한 철학과목의 노교수가 "여러분들의 연대와 투쟁의 의미를 존중하기에 다음 주는 휴강합니다"라고 했지만 기뻐하는 학생은 아무도 없었다. 뜻밖에도 모두가 의논하여 그 다음 주는 학교 밖 교회에서 여느 때와 다름없이 수업이 이루어졌다. 모두들 그 색다른 분위기를 즐기는 눈치였다. 내게는 그것이 일종의 문화적 충격이었다.

미국과 독일이 선진국인 것은 우연이 아니다. 우리는 정신을 바짝

차리고 그들을 따라잡아야 하고 이윽고는 넘어서야 한다. 그러려면 각고의 노력을 지불하지 않으면 안 된다. 나는 그것을 관심 있게 지켜볼 것이다. 언젠가 전국의 도로에서 불법으로 주차된 차들이 공공의 합법적 주차공간으로 들어갈 때, 그때 나는 비로소 '선진'이라는 말을 입에 담을 것이다. 그날이 빨리 오기를 나는 기다리고 또 기다린다.

사회적 경험과 사회적 무의식

문득 이런 생각이 들었다. 즉, 하나의 사회에는 개인이나 소수 집단이 아닌 사회 전체의 '사회적 경험'이라는 것이 있고, 그에 따른 심리적 잔영이 시간의 흐름 속에서 일종의 '사회적 무의식'이 되어 사회 전체의 사고 및 행동양태에 중요한 요인으로서 작용하는 것은 아닌가 하는 것이다. 나는 이것을 하나의 학문적 가설로 내세우고자 한다. 만일 이 가설이 진리라면, 그것은 각 사회별로 사람들의 생각이나 행동양식이 다르다고 하는 현상 내지 사실에 대한 결정적인, 그리고 흥미로운 설명의 도구가 될 수 있을 것이다. 재미 삼아 말하자면 '사회적 프로이트주의'라고 할까.

예를 들면 이런 것이다. 일본인들은 독일인들과 달리 지난 전쟁에 대해 제대로 된 진정한 반성을 하지 않는다. 그래서 지금도 (독일과 그 주변국들과는 달리) 한국이나 중국과의 관계가 삐걱거리고 있다. 왜 그럴까? 위의 가설, 즉 사회적 프로이트주의에 따른다면 거기엔 일본인들의 특이한 사회적 무의식이 작용하고 있다. 즉, 그들에게는 '침략'과 '전쟁'이라고 하는 행위가 결코 '악'이나 '죄'가 아닌 것이다. 그러니 그것은 당연히 '반성'의 이유가 되지 않는 것이다. 오히려 그들에게는 침략과 전쟁을 가능하게 했던 (특히 러일전쟁과 청일전쟁을 승리로 이끌었던) '강함', '힘', '실력'이라고 하는 것, 특히 '승리'라고 하는 것은 절대적 '선'인 것이다. 그들의 무의식은 그렇게 생각하는 것이다. 그 배경에는 그들의 독특한 '사회적 경험'이 가로놓여 있다. 그것이 바로 그들의 '무(武)'의 역사'다. 전국시대와 막부시대, 그 과정에서 겪은 무수한 전쟁의 기억, 그 가운데서 너무나도 당연했던 승자의 지배, 그리고 패자의 복종. 그러니 '강'과 '승'은 곧 선이요, '약'과 '패'는 곧 악이었던 것이다. 그렇게 생각한다면, '우리 일본이 강해서 조선을 삼키고 중국을 침략한 것은 선이었는데 왜 그것을 반성하라는 말이냐. 말도 안 된다.' 일본의 사회적 무의식은 그렇게 생각하는 것이다. 그래서 그들에게 반성해야 할 악은 다만 강한 미국에게 패배했다는 것, 그것뿐인 것이다. 그들이 전후 미국에 너무나도 순순히 복종하고 지금처럼 미국을 절대선으로 추앙하는 것도, 그리고 다시금 전쟁 가능한 보통국가를 지향하면서 헌법의 개정을 시도하는 것도, 다 같은 맥락에서 설명이 된다.

또 이런 것도 있을 수 있다. 근간에 중국에서 체포된 한국인 마약사범들이 잇따라 사형에 처해졌다. 한국정부는 중국당국에 인권을 거론하며 수차례 항의했지만 그들은 꿈쩍도 하지 않았다. 그 배경에는 이를테면 '마약은 국가의 존망을 좌우하는, 용서할 수 없는 극악한 범죄'라는 것과 '중국은 만방을 거느리는 세계의 중심 국가'라는 사회적 무의식이 깔려 있는 것이다. 그것은 역시 마약으로 인해 국가가 위기로 내몰렸던 청나라 말기의 역사적 사실과 수천 년에 걸친 중국과 주변국들 간의 조공관계라는 사회적 경험에 의해 형성된 것이었다.

이런 현상들은 그야말로 무의식의 차원에서 움직이는 것이기 때문에 그저 목소리를 높인다고, 주먹을 쥔다고 해결되지는 않는다. 애당초 해결될 턱이 없는 것이다. 그러므로 한 사회의 사회적 행동양태에 만약 어떤 '문제'라는 것이 감지된다면, 우리는 그것을 이해하고 해결하기 위해 사회적 무의식과 그 근원에 존재하는 사회적 경험을 학문적으로 면밀히 검토해보지 않으면 안 된다.

지난 한 세기, 우리는 그야말로 격동하는 역사 속에서 엄청난 사회적 경험들을 감당해왔다. 대한제국의 몰락과 일본의 식민지 지배, 일본의 패전과 해방, 남북의 분단과 6·25 전쟁, 휴전과 냉전, 4·19, 5·16, 10·26, 12·12, 그리고 6·10, 6·29, 그런 한편으로 올림픽과 월드컵, 최근의 한류와 세월호에 이르기까지, 우리 한국이 겪어온 사회적 경험은 실로 어마어마한 것이었다. 그 심리적 잔영들이 우리 사회의 저 깊고 깊은 밑바닥에 무의식으로 침잠하여 도도한 흐름을 이루고 있다.

이제 우리는 프로이트의 심정으로 그 밑바닥을 들여다보아야 한다. 그리고 지금 우리 사회에서 표출되고 있는 저 엄청난 사회적 문제들, 병적 현상들의 근원을 짚어봐야 한다. '사회적 정신분석'이 필요한 것이다. 올바른 진단이 이루어졌을 때, 그때 비로소 우리는 우리 사회의 아픔을 제대로 이해하고, 그 아픔을 딛고 한 걸음 앞으로 그리고 위로 우리의 발걸음을 옮겨놓을 수가 있을 것이다.

나는 우리 사회가 지금의 이 사분오열과 지리멸렬을 딛고, 좀 더 건강하고 고급스러운 사회가 되기를 그 누구보다도 간절히 간절히 바라마지않는다.

고마운 것들

아무래도 그동안 일을 너무 열심히 한 탓인지 몸에 좀 탈이 나 한동안 병원 신세를 졌다. 퇴원을 하긴 했으나 탈이 난 부분이 아직도 여간 불편한 게 아니다. 평소에는 아무런 의식 없이 사용하던 신체의 일부다. 이렇게 되고 보니, 그동안 내가 내 몸에 얼마나 큰 신세를 지고 있었는지가 가슴에 와 닿는다. 따지고 보면 머리끝에서 발끝까지 어느 한 부분 소중하지 않은 게 없다. 사실 손가락 하나만 살짝 베어도 그게 다 아물 때까지 우리는 얼마나 큰 불편을 느끼는가. 하물며 그게 눈이나 귀나 폐나 심장 같은 주요 기관이라면 오죽하겠는가. 그런데도 평소에는 누구도 그 고마움을 잘 모른다. 그래서 경우에 따라서는 자기 몸을 함부로 다루기도 한다.

내가 입원했던 곳은 다인실이라 이웃에는 제법 중환자들도 여럿 있었다. 커튼 너머이지만 이웃 환자와 간병하는 보호자들의 대화 소리가 여과 없이 들려온다. 하루는 옆자리의 보호자가 앞자리의 보호자와 수다를 떠는 중에 이런 이야기를 하는 게 들려왔다.

"나도 몇 년 전에 이런 환자 신세였는데요, 지금은 이렇게 멀쩡해졌어요. 아유, 그땐 정말 이대로 끝인가 싶었어요. 그걸 겪고 나니까, 내 몸 구석구석 장기 하나하나가 그렇게 고마운 거 있죠. 그래서 지금은 매일 내 몸에다 대고 기도를 해요. 감사 기도요. '심장아 고맙다, 정말 고생이 많다, 위장아 고맙다, 손아 고맙다, 발아 고맙다, 그렇게요. 그러다 보면 한도 끝도 없어요. 고마운 게 그렇게 많더라고요. …" 아줌마들의 수다였지만, 내 처지가 처지다 보니 그 이야기가 마치 설교나 설법처럼 들려왔다. 그건 진리였다.

그 아줌마의 그 수다에는 어떤 깨달음이 녹아들어 있었다. 아파서 병원 신세를 져본 사람은 알 것이다. 우리가 멀쩡하게 거리를 돌아다니고 일터에서 일을 할 수 있다는 것이 그것 자체만으로도 얼마나 큰 혜택인지, 얼마나 고마운 일인지를.

그런데 생각해보면 이런 고마운 것들은 우리의 신체 장기들뿐만이 아니다. 우리 주변에 펼쳐진 자연, 삼라만상이 다 그렇다. 나는 연전에 《사물 속에서 철학 찾기》라는 책을 쓴 적이 있는데, 거기서 물이니 불이니 공기니 흙이니 그런 것에서부터 돌, 풀, 나무 등등 온갖 사물들 속에 숨겨진 철학적 의미를 천착해봤다. 당연한 듯 사소한 듯 보이는 그 모든 것들이 실은 어마어마한 의미를 간직한 것임을 나는 여실히 확인했다. 물이나 공기를 비롯해 어떤 것들은 사람의 생명과도 직결돼 있다. 그렇게 생각해보면 이 전체 우주가, 그 안의 삼라만상이 모조리 다 고마운 것투성이다.

그런데 사람들은 보통 그걸 잘 모른다. 잃어보지 않으면 잘 모른다. 잃어보면 곧바로 그 가치를 알게 된다. 그것을 나는 철학적으로 '상실의 인식론' 혹은 '결핍의 인식론'이라 부르기도 한다. 잃기 전에 알면 상(上)이요, 잃고 나서 알면 그나마 중(中)이요, 잃고서도 모르면 그건 하(下)다. 우리 주변엔 의외로 하에 해당하는 인간도 적지 않다. 나라를 잃고서도 그 소중함을 잘 모르고, 부모를 잃고서도 그 소중함을 잘 모르고, 친구를 잃고서도 그 소중함을 잘 모르고, 요즘은 아름다운 자연과 하늘과 공기와 물을 잃고서도 그 소중함을 잘 모른다. 그들이 잃지 않고서도 잘 아는 건 오로지 돈과 권력밖에는 없는 것 같다. 그보다 백배 천배 더 소중한 것들이 세상에는 가득하건만, 그 고마움에 대한 인식은 눈곱만큼도 없다. 그 고마운 것들이 인간들에게 질려 아예 스스로 떠나버리진 않을까 그게 나는 좀 두렵기도 하다.

5 _ 공원길

남게 될 것들
세계의 중심
쇼펜하우어에게 보내는 위로
학교의 풍경
제도라는 이름의 권력
아, 이 기막힌 세월
시간의 품격
부끄러움이라는 현상
하버드의 어느 한중일
나는 누구인가
행복은 어디 있는가

남게 될 것들

비록 TV 화면을 통해서이기는 하지만 바르셀로나에 있는 저 유명한 가우디의 사그라다 파밀리아 성당을 처음으로 들어가봤다. 흔히 봐오던 겉모습이 아니라 그 내부. 거두절미하고, 그 압도적인 아름다움에 나는 경탄을 했다. 예전에 독일에 살고 있을 때 소위 이름 있는 대성당들을 여럿 들어가봤지만 가우디의 이것은 확실히 뭔가 달랐다. 무엇보다도 나를 매료한 것은 나무를 형상화한 그 내부의 기둥들이다. 나는 개인적으로 나무의 광팬이다. '지구의 진정한 주인은 나무', '지구를 위한 최대의 축복은 나무'라고까지 나는 선전한다. 그런 나무를 성당 안으로 들여와 그곳에 숲을 만들어놓다니! 역시 가우디다. 더욱이 스테인드글라스 창으로 들어온 햇빛은 그 실내의 숲을 환상적인 신비의 공간으로 연출해냈다. 가우디는 천재가 확실했다.

그런데 TV는 그 가우디가 당대에 그 성당을 완성하지 못한 사연도 친절하게 알려주었다. 그는 공사 도중 잠시 외출을 했다가 지나던 차에 치어 소위 교통사고로 세상을 떠나버린 것이다. 그의 행색이 워낙 초라해 '부랑자'로 여겨진 그는 실려 간 병원에서 문전박대를 받아 적절한 치료의 타임을 놓치고 이리저리 떠돌다가 결국 어이없이 목숨을 잃고 말았다. 뒤늦게 알려진 그의 죽음은 엄청난 애도와 성대한 장례로 마무리되었다지만 참으로 애석한 일이 아닐 수 없다.

그렇게 그는 무의 세계로 사라져갔다. 하지만 그의 작품인 그 성당은 이 지상에 남게 되었다. 우리는 그의 작품을 통해 지금도 그의 존재를 기억한다. 작품이 곧 가우디 그였다. 가우디 본인도 아마 그렇게 여겼으리라. 작품이라고 할 무언가를 만들어본 자는 그것을 안다. 자신의 영혼을 담아 그것을 만들어본 자는 그것을 안다. 그런 의미의 작품은 그 주인이 세상을 뜨더라도 오래 이 세상에 남아 이곳을 아름답고 의미 있는 공간으로 장식해준다.

"가우디는 이토록 엄청난 작품을 남겼는데 나는, 도대체 무엇을 하며 살아왔는가…." 그곳을 구경하던 원로 연극인 S씨는 입 속으로 그런 취지의 말을 중얼거렸다. 그분만 하더라도 실은 엄청난 작품들을 무대와 화면에 남긴 터였다. 그런데도 그분은 위대한 가우디 앞에서 자기 자신을 한없이 초라하게 느끼는 듯했다.

나는 가우디라는 거장을 지켜보는 그 S라는 거장을 지켜보면서 '나는 무엇을 남길 것인가' 하는 묵직한 하나의 과제를 받아 안았다.

현재 이 지구상에는 대략 70억의 인간이 살고 있다고 한다. 지금까지 살다 간 인간의 수는 헤아리기조차 쉽지가 않다. 그 대부분의 인간은 거의 아무것도 남기지 못하고 흔적 없이 사라져간다. 인생이라는 것이 본래 그렇게 허망한 것이라고 하니 뭔가 남기고자 하는 이 생각 자체가 이미 허망한 집착이라고 누군가는 책망할지도 모르겠다. 하지만 인간으로 이 세상에 태어나 인생이라는 것을 살아본 존재로서는 뭐라도 하나 이 세상에 남겨야 할 책무 같은 것을 느끼게 된다. 그렇게 남겨진 것은 그 존재를 위한 최소한의 기념 내지 기여가 되기도 한다. 그런 것들을 통해 이 존재의 세계는 또한 그 격이라는 것을 높여가지 않을까. 생각해보면 그렇게 남겨진 것들은 가우디의 저 성당을 위시해 결코 적지가 않다. 셰익스피어의 희곡들, 모차르트의 음악들, 고흐의 그림들도 다 그런 것이다. 어찌 보면 공자나 부처나 소크라테스나 예수의 말과 삶 같은 것도 그런 의미의 작품들이다.

그런 위인들의 그림자만한 것이라도 우리가 남길 수 있다면 작지 않은 의미가 되겠지만 그게 그렇게 쉽지는 않다. 그렇다고 짧지도 않은 세월, 밥만 축내다가 뼈만 남기고 그냥 간다면 그것도 참 한심한 노릇임에는 틀림이 없다. 누구나가 가우디처럼 숲 속 같은 성당을 짓지는 못하겠지만, 하다못해 죽기 전에 진짜 나무 한 그루를 지상에 심어 남기는 정도는 가능하지 않을까. 은행나무든 느티나무든 한 사람이 한 그루씩만 심고 가더라도 이 존재의 세계에는 70억 그루의 나무가 푸른 숲으로 자라 산소를 공급하고 그늘을 제공할 뿐 아니라 더러는 맛있는 과실도 내어 주고 또 더러는 아름다운 풍경으로 화가와 시인에게 영감을 주기도 할 것이다.

나무를 심어 숲을 남긴다…. 나는 오늘 그런 심정으로 우선 사람들의 마음속에 한 그루의 나무를 심고자 한다. 비록 이 나무는 생각의 나무, 언어의 나무라는 좀 별난 형태의 나무이지만 이 나무에는 나무의 의미, 작품의 의미, 인생의 의미, 존재의 의미라는 열매가 열릴 수 있다. 어쨌거나 나의 이 나무가 누군가의 마음속에 잘 착근을 해서 언젠가는 다양한 형태의 나무로 지상에 퍼져 많은 사람들이 각자의 방식으로 그 과실을 거두게 된다면 다행이겠다.

오늘, TV를 켠 것은 참 잘한 일 같다. 가우디는 저 성당뿐 아니라 내 마음속에도 푸르른 나무 하나를 심어놓았다.

세계의 중심

벌써 십 수 년이 지난 것 같다. 2004년 〈세상의 중심에서 사랑을 외치다〉라는 영화가 큰 인기를 끌었다. 원작소설이 나온 것은 2001년 이었다. 잘 구성된 그 애절한 이야기도 이야기지만 이 영화를 계기로 호주의 '울룰루'라는 곳이 덤으로 화제가 되고 항간에 널리 알려지기도 했다. 현지 원주민들은 그곳을 '세계의 배꼽', '세계의 중심'으로 여긴다 했다. 흥미로웠다. 시간의 흐름 속에서 그 영화의 이야기들은 어느새 흘러가 잊혔지만 '세계의 중심'이라는 이 말의 여운은 아직도 왠지 내 가슴 한켠에 강한 인상으로 머물러 있다.

오랜만에 뉴욕을 찾아가 거리를 돌아다니면서 '세계의 중심'이라는 이 말이 불쑥 내 기억을 헤집고 되살아났다. 아직껏 가보지는 못했지만 사람도 없다는 외딴 울룰루보다야 뉴욕 같은 곳이 '세계의 중심'이라는 이 말에 실질적으로 더 부합하지 않을까, 그런 느낌? 도시의 규모나 국제적인 중요성, 그리고 오가는 사람들의 활기를 보면 쉽게 아니라고도 할 수 없는 그 무엇이 뉴욕에는 분명히 있다.

하지만 여러 천년 동안 스스로를 세계의 중심이라 자부했던 저 중국인들은 그것을 순순히 인정할까? 한때 미국과 세계를 양분했던 저 러시아인들은 또 어떨까? 또 한때 해가 지지 않는 나라였던 영국은 또 어떠며, 문화의 수도를 자부하는 저 파리지앵들은 또 어떠며, 세계 최대의 제국을 경험한 적이 있는 이탈리아인이나 몽골인들은 또 어떨까?

나는 고요히 가라앉은 마음으로 물어본다. 세계의 진정한 중심은 과연 어디일까? 그곳이 어느 한 특정한 장소라면 무엇을 기준으로 그리고 무엇을 근거로 그것을 결정할 수 있을까? 아니, 그런 곳을 애당초 특정할 수가 있는 것일까? 그런 곳이 과연 있기나 한 것일까? 간단히 해치울 수 있는 쉬운 이야기는 절대 아닐 것 같다.

철학공부를 하다 보면 언어라고 하는 것이 다양한 의미를 지니고 있음을 알게 된다. 그것을 충분히 주의하지 않으면 혼란이 야기된다. 프랜시스 베이컨은 그런 혼란을 '시장의 우상'이라 부르기도 했다. '진리'라고 하는 흔하디흔한 철학적 개념도 이를테면 예수의 경우, 플라톤의 경우, 하이데거의 경우, 제임스의 경우, 타르스키의 경우, 하버마스의 경우 등등, 모두 그 의미하는 내용이 전혀 다르다. 그래서 그들은 각자 장황한 자신의 '진리론'을 펼치는 것이다. 그것을 면밀히 들어봐야만 비로소 그 제대로 된 의미를 이해할 수 있다.

'세계의 중심'이라는 말도 마찬가지다. 우리는 이 말을 다양한 의미로 해석할 수 있다. 세계인들의 관심의 집중도나 영향력 같은 면에서는 뉴욕이 단연 세계의 중심일지 모르겠지만, 예술이나 패션을 기준으로 본다면 파리나 밀라노가 그 중심이 될 수도 있다. 영화를 기준으로 삼는다면 그 중심은 할리우드이겠고, 좀 비약이지만 내가 전공하는 '현상학' 같은 것을 기준으로 생각하자면 그 중심은 독일의 프라이부르크다. 또 태권도가 기준이라면 서울이 중심이겠고, 또 펭귄의 입장에서 보자면 그 중심은 남극이겠고 코알라의 입장에서 보자면 그 중심은 호주이리라.

중심이라는 것은 이렇게 보면 무수히 많다. 그것을 오로지 하나로, 오로지 나를 기준으로 생각한다면 중심 바깥의 일체존재는 '주변'으로 밀려나고 만다. 20세기의 프랑스 철학은 그런 이분법과 타자의 배제라는 위험을 날카롭게 지적하며 극도로 경계했다.

우리는 다양한 세계와 다양한 중심들을 인정할 필요가 있다. 그 중심들의 조화가 이 세계의 진정한 풍요를 보장해준다. 세계는 그런 풍요를 바탕으로 비로소 아름답다.

그런 의미에서 나는 저 10년 전의 영화가 던진 의미를 다시 한 번 생각해본다. 그 영화는 '세상의 중심에서 사랑을 외치다'라고 말했다. 그것은 '사랑'이 있는 곳이야말로 세계의 진정한 중심이라는 그런 의미가 아니었을까. 나는 그렇게 해석하고 싶다. 아닌 게 아니라 그 영화의 부제목은 '나의 세계의 중심은 너다'로 되어 있다고 한다. 이런 의미로, 세계의 모든 가정이 오늘 세계의 중심으로 거듭나기를 기대해본다. 한 사랑을 키워가는 한 남자가 지금 세계의 중심에서, 아니 그 중심의 바로 곁에서 이 글을 쓴다.

쇼펜하우어에게 보내는 위로

독일의 철학자 쇼펜하우어는 '염세주의'라는 이름과 함께 일반인들에게도 비교적 잘 알려져 있다. 누가 붙였는지는 모르겠지만 염세주의라는 이 꺼림칙한 이름 때문인지, 혹은 그의 그 괴팍한 성격 때문인지, 사람들이 그에 대해 갖는 인상은 그렇게 썩 좋은 편은 아닌 것 같다. 나도 처음엔 그랬다. 그런데 강단에서 그의 삶과 사상에 대해 가르치게 되면서 이런 사정이 조금은 달라졌다.

쇼펜하우어는 끔찍하게 싫어하는 것이 세 가지 있었다. 소음, 여자, 그리고 헤겔이었다. 소음은 그렇다 쳐도 여자와 헤겔? 별나다면 확실히 별난 편이다. 나도 성격상 별난 사람을 별로 좋아하지는 않는다. 하지만 그에게 이유가 전혀 없는 것은 아니었다. 여자를 싫어한 것은, 우선은 아마도 그의 어머니 때문이었을 것이다. 그의 어머니 요한나는 작가였는데 상인이었던 남편 하인리히가 일찍 세상을 떠난 후 그가 남긴 막대한 유산으로 살롱을 차려 이른바 사교계의 스타로 활동했다. 아들은 그다지 안중에 없었다. 그녀는 괴테와도 친분이 있었고 그런 친분은 어린 쇼펜하우어에게도 영향을 주었다. 그런데 이 어머니는 아들에게 그다지 호의적이지도 않았다. 아들이 책을 내었을 때도 혹평과 악담을 서슴지 않았다. 아들도 만만치 않아 "어머니의 책들이 사람들에게 완전히 잊혔을 때도 제 책은 서점에서 여전히 팔리고 있을 겁니다"라고 응수했다고 한다. 그의 말은 오늘날 현실이 되었다. 여자를 싫어하게 된 또 한 가지 이유는 하숙집 하녀 마르케트였다. 소음을 너무너무 싫어했던 그는 그녀가 내는 소음을 참지 못하고 그녀를 던져버린 일이 있었는데 그 때문에 그녀는 심각한 장애를 갖게 되었고 그는 평생토록 그녀에게 연금을 지급하도록 판결을 받았다. 이러니 여자가 좋을 턱이 없었다. 하지만 그가 모든 여자를 그저 맹목적으로 거부한 것은 아니었다. 그도 몇 차렌가 여자에게 사랑을 느낀 적이 있었는데, 한 번은 머뭇거리는 사이에 다른 남자에게로 가버렸고 또 한 번은 잘생긴 영국의 시인 바이런에게 그 사랑을 빼앗겨버리고 말았다. 그에게도 연애미수 사건이 있었던 셈이다. 자신이 갖지 못할 거라면 마음을 멀리하는 것, 그것은 인지상정이다. 이솝의 '배고픈 여우'도 그 점을 잘 알려준다.

그가 헤겔을 싫어한 것도 이유가 있었다. 쇼펜하우어는 아버지 때문에 하고 싶은 공부를 하지 못하고 장사를 배워야만 했다. 상인이었던 아버지는 어쩌면 '그까짓 돈 안 되는 공부 따위…'라고 생각했는지도 모르겠다. 그래서 그는 아버지가 돌아가신 후 뒤늦게 공부를 시작했다. 다행히 머리가 좋았던 그는 뒤늦은 공부를 단숨에 따라잡았고 이윽고 대학교수직에도 도전했다. 그가 베를린대학에 지원했을 때 심사위원 중에 그 유명한 헤겔이 있었다. 그는 쇼펜하우어에게 까다로운 질문을 던져 그의 자존심을 몹시 상하게 했다. 강단에 서게 된 그는 자신감과 경쟁심으로 일부러 헤겔과 같은 시간에 그의 강좌를 개설했다. 결과는 참패. 헤겔의 강의실은 학생들로 넘쳐나는데, 쇼펜하우어의 강의실은 단 한 명, 그것도 잘못 들어온 학생 한 명뿐이었다. 심각하게 마음을 다친 그는 강단을 떠나 평생을 재야 철학자로 지내게 됐다. 헤겔이 예쁠 턱이 없었다. 사실인지는 모르겠지만 키우던 푸들에게 헤겔이라는 이름을 붙이고 화가 나면 그 녀석을 차면서 분풀이를 했다고도 한다.

각설하고, 이런 쇼펜하우어의 사정 이야기를 들어보면 그를 그저 '이상하고 별난 사람'이라고 매도만 할 수는 없게 된다. 나름의 이유가 있었던 것이다. 그가 라이프니츠를 이어 강조한 논리학의 기본원리 중에 '충족 이유율'이라는 것이 있다. '모든 것에는 그 이유가 있다'는 것이다. 그렇다. 모든 것에는 그 이유가 있다. 누군가가 누군가를, 혹은 무언가를 싫어하는 경우라면 특히 그렇다. 우리는 그런 그를 혹은 그녀를, 무조건 나쁘다고 나무라고 탓하고 비난하고 배제하기 전에 한 번쯤은 그의 입장에서 그 이유를 생각해보는 것은 어떨까. 쇼펜하우어의 철학이 알려주는 대로 우리가 사는 이 세상, 이 인생은 너나 할 것 없이 어차피 고통으로 가득 차 있고, 우리 인간들은 누구 하나 예외 없이 다 불쌍한 존재인 것이다. 그 불쌍함에 대한 공감이 바로 그 고통에서 약간이나마 벗어나게 해주는 통로의 하나가 되기도 한다. 그래서 나는 모두에게 그것을 권하고 싶다. 동병상련. 그것은 불쌍한 우리 모두에게 하나의 작은 구원이 될 수도 있다.

나는 쇼펜하우어를 가련하다고 느낀다. 딱하다고 느낀다. 불쌍하다고 느낀다. 그래서 그에게 동정이 간다. 나 또한 그와 다를 것이 하나도 없는 가련하고 딱하고 불쌍한 한 사람의 인간이니까.

학교의 풍경

　다른 철학자들은 어떤지 잘 모르겠으나, 나는 상대적으로 TV를 좀 즐겨 보는 편이다. 철학자와 TV는 어울리지 않는 그림이라고 보통 생각하지만, 저 유명한 비트겐슈타인도 혼신의 힘을 다해 강의를 한 다음에는 곧잘 영화관에 가서, 그것도 맨 앞자리에 앉아 서부활극을 즐겨 보았다니, TV나 영화를 즐긴다는 것이 철학자의 품위를 손상시키는 일은 아닐 것이다.

　나는 S사의 B라는 오락 프로그램을 특별히 챙겨보는 편인데 유명인들의 어린 자녀들이 부모와 함께 나와 지식과 재치를 겨루는 이 시간이 여간 재미있는 게 아니다. 그런데 그중 몇몇 아이들이 새로 초등학교에 입학했다고 해서 학교생활의 이런저런 일들이 화제가 되기도 한다. 그런 대화를 유쾌하게 들으며 아득한 그 옛날 엄마의 손을 잡고 처음 국민학교에 입학하던 때가 빛바랜 흑백사진처럼 아련하게 떠오르기도 했다.

생각해보면 우리가 학교에 들어간다고 하는 이 일이 실은 예삿일이 아니다. 물론 서당이나 향교와 달리 지금은 누구나가 학교를 다니는 보편교육시대니 학교를 다닌다는 게 현실적으로는 예삿일 중의 예삿일이 되어 있지만, 대부분이 대학까지 학교를 다니는 우리 한국의 현실을 생각해보면, 특히 그 세월과 비용, 노력, 영향 같은 것을 생각해보면, 이게 그냥 예삿일만은 아닌 것이다. 재미 삼아 말해본다면 예사롭지 않은 예삿일이라고나 할까.

초등학교 입학에서 대학교 졸업까지 대략 16년의 세월을 우리는 학교에서 지낸다. 유치원까지 포함하면 이래저래 거의 20년이다. 인생을 대략 80년이라 친다면 일생의 거의 4분의 1이 학교생활인 셈이다. 그렇게 보면 학교라고 하는 이 장소가 엄청나게 중요한 곳이 아닐 수 없다. 실제로 인생살이의 결정적인 조건들이 이 학교에서 만들어진다. 지식뿐만이 아니라 인간관계, 심지어 학벌까지.

그런데 요즘 우리는 이게 너무 흔해빠져서 그런지 학교라는 게 도대체 무얼 하는 곳인지 그 본질을 망각해버린 듯한 느낌이 없지 않다. 학생들 입장에서 보면 시험을 치고 점수를 받아 다음 학교로 가기 위한 지겨운 곳, 그리고 마지막으로는 좋은 직장을 얻기 위해 경쟁하는 살벌한 곳, 그래서 온갖 고충을 감내해야 하는 곳, 그런 곳이 되어 있지 않을까. 학교는 결국 돈과 지위로 이어진 통로일 뿐인 것이다.

그런데 애당초 학교는 그런 곳이 아니었다. 그런 것보다는 훨씬 더 숭고한 어떤 곳이었다. 2,500년 전 플라톤에 의해 아테네에 세워진

학교 아카데메이아와 아리스토텔레스에 의해 세워진 리케이온에서는 진리 그 자체가, 학문 그 자체가 진지하게 그리고 숨 가쁘게 탐구되었고, 제논과 에피쿠로스의 학교에서는 마음의 평정을 위한 수양도 행하여졌다. 어떻게 보면 소크라테스가 젊은 청년들과 열띤 대화를 나누었던 시장이나 광장이나 가게 같은 곳들도 사실상 학교였는데, 거기서는 '영혼의 향상'이라는 것이 거의 목표였다. 거기서는 진정한 진리나 선, 아름다움, 정의, 덕, 우정, 경건 … 그런 가치들이 펄떡거리는 생선들처럼 살아서 전수되었다. 중세 천 년간, 교회에 부속된 학교에서는 신에 대한 신앙이 진지하게 논의되기도 했다. 그런 세월을 거치면서 학교란 제대로 된 사람, 훌륭한 인재를 양성하는 곳이라는 본질이 마련된 것이다. 그래서 거기서는 지성과 덕성과 감성이라는 가치가 종합적으로 도야되었다. 선생들은 그런 것을 가르치려 했고 학생들은 그런 것을 배우려 했다.

그런데 지금 우리들의 학교는 어떠한가? 교사와 교수에게 지금 제대로 된 '교(가르침)'라는 것이 있기나 한가? 학생들에게 지금 제대로 된 '학(배움)'이라는 것이 있기나 한가? 공자는 "배우고 때로 익히니 또한 즐겁지 아니한가"라고 했는데 우리의 학교에 그런 배움의 즐거움이 있기나 한가? 적지 않은 교육자들이 자괴감에 빠져 가르침이라는 것을 포기한 지 오래라는 소식이 들려온다. 적지 않은 학생들이 학교에서 배움이라는 것을 아예 기대하지 않고 밤늦은 학원공부에 지친 그들의 태반이 수업시간에 그 부족한 수면을 보충하고 있다는 소식도 들려온다. 더러는 학교폭력과 왕따의 공포에 떨고, 더러는 점수와 석차를 위한 피 말리는 경쟁을 잠시 떠나 학교 밖으로 나갔다가 무너진 건물에 깔려 죽기도 하고 더러는 배를 타고 제주도로 가다가 배와 함께 바닷속으로 가라앉기도 한다. 참담한 비극이다.

　도대체 학교란 무엇 하는 곳인가? 우리는 거기서 도대체 무엇을 가르치고 무엇을 배워야 할 것인가? 거기서 도대체 '어떤 인간', '어떤 인재'가 길러져야 하는가? 교육감이라는 사람을 선거한다고 하는데, 이런 본질을 아프게 고민하는 후보가 도대체 있기나 한지 모르겠다. 인재밖에는 도무지 기댈 것이 없는 우리나라이건만….

제도라는 이름의 권력

　요즘 세상에는 업적이니 실적이니 성과니 평가니 하는 말들이 넘쳐난다. 심지어는 대학교수들에게도 이것이 적용되어 소위 성과급이니 성과연봉이니 하는 것들이 현실적인 제도로서 시행되고 있다. 모든 제도들이 다 그렇지만, 아니 세상만사가 대개 다 그렇지만, 모든 일에는 장점과 단점의 양면이 있다.

　교수사회는 이 제도가 지닌 수많은 문제점들을 지적하며 반발하고 있지만 그 반발은 관료사회와 언론들의 강고한 벽 앞에서 그다지 힘을 얻지 못하고 있다. 이 제도가 상호 약탈적 비인간성에 기초한 보수체계라는 교수사회의 지적에도 일리가 있고, 상호 경쟁을 바탕으로 성과를 제고할 필요가 있다는 관료와 언론의 지적에도 일리는 있다. 문제는 결국 어느 쪽 주장이 현실이 되는가 하는 것인데 지금으로서는 아무래도 칼을 쥔 관료 쪽과 언론 쪽이 압도적으로 우세한 형국인 것 같다.

일반적으로 널리 알려진 것은 아니지만 현대 프랑스 철학을 대표하는 인물 중에 미셸 푸코가 있는데 그의 핵심적인 철학 개념 중에 '권력'이라는 것이 있다. 권력이라면 우리는 보통 정치권력을 떠올리지만, 푸코는 현실과 역사에서 두드러지는 그런 소위 '죽음의 권력' 말고 우리들의 삶의 맥락에 편재하는 소위 '삶의 권력'이라는 것을 지적해 보여준다. 지식이라는 것도 그중 하나다. 예컨대 돈을 벌기 위해 우리의 발걸음이 꼬박꼬박 회사로 향한다면 발걸음을 그리로 향하도록 명령하는 돈의 권력이 거기에 있는 것이고, 하루 세 번 꼬박꼬박 우리가 식탁에 앉는다면 우리에게 그렇게 하도록 명령하는 밥의 권력이 거기에 있는 것이고, 또 우리가 온갖 정성을 다해 연애편지를 쓰고 있다면 그렇게 하도록 시키는 사랑의 권력이 거기 있는 것이다. 그가 이런 예를 들고 있는 것은 아니지만 기본 취지는 그런 것이다. 그런 점에서 우리가 살고 있는 이 삶의 세계에는 거미줄처럼 촘촘한 이른바 삶의 권력, 그 권력의 그물망이 쳐져 있다는 것이다. 나는 이러한 그의 지적이 정말로 진리 중의 진리요 기발한 철학적 탁견이라고 감탄한다.

제도라는 것도 그런 의미에서 권력이다. 수많은 사람들의 삶을 아주 구체적으로 구속하는 것이니 실로 막강한 권력이라고 아니 할 수 없다. 모든 교수들도 결국은 그 권력의 명령에 따라 움직이고 있다. 그것은 피부로 느껴진다.

그런데 어차피 따를 수밖에 없는 명령이라면 그 명령이 조금이라도

'합리'에 가까운 것이기를 나는 바란다. 이를테면, 교수들에게 요구되는 소위 '성과'라는 것이 요즘은 '논문'이라는 것으로 대표된다. 그런데 논문이라는 이 학문의 형태가 모든 종류의 학문분야에 일괄적으로 적용되는 것은 적지 않은 문제가 있다. 서로 다른 학문들의 성격 차이가 깡그리 무시되는 것이다. 소위 이공계통이나 사회과학에는 그것이 적용될 수 있을지 모르겠으나, 전통적인 인문학에 이러한 틀을 강요하는 것은 분명히 문제가 있다. 물론 인문학에서도 언어학이나 역사학 같은 분야는 논문이라는 것이 전형적인 학문형태일지 모르겠다. 하지만 전통적으로 인문학의 3대 분야 중 하나로 평가되는 문학과 철학의 경우는 논문보다도 훨씬 더 중요한 것이 '작품'이다. 그 작품의 형태도 또한 다양하다. 시도 에세이도 소설도 희곡도 시나리오도 모두 다 그런 작품의 형태들이다. 보통 사람들도 문학에 대해 그런 것을 요구하지 논문을 요구하거나 기대하지는 않는다. 외국문학 전공이라면 무엇보다도 '번역'이라는 형태가 최우선이 되어야 한다. 그런데 현실의 제도는 전혀 그렇지 못하다. 제도의 기본방향이 명백히 잘못되어 있는 것이다. 최근의 한 언론보도에 따르면 인문학자들은 거의 대부분이 논문보다는 저술에 가중치가 부여되어야 한다고 생각한다. 철학의 경우도 마찬가지다.

철학은 이미 2,600년 전부터 실로 다양한 형태의 작품들로 그 성과가 발표되었다. 파르메니데스는 그의 철학을 '시'의 형태로 발표했고, 소크라테스는 논문은커녕 오로지 '문답'이 전부였고, 플라톤의 철학은 대화 내지 희곡의 형태였고, 아우구스티누스는 '신앙고백'의 형태로, 몽테뉴와 파스칼은 '에세이'의 형태로, 헤겔은 '백과사전'의 형태로, 마르셀과 키에게고어는 '일기'의 형태로 철학을 표현했다. 몇 년 전 세계적인 베스트셀러가 되었던 철학사 책《소피의 세계》는 소설과 영화의 형태로 발표되었다.《장자》가 우화의 형태인 것도 널리 알려져 있다. 지금의 제도대로라면 이런 대작들은 소위 '성과' 내지 '업적'으로 평가받지 못하거나 아주 낮은 점수밖에 받지 못할 것이다.

제도는 권력이다. 그 제도하에 있는 모든 사람들이 그 명령에 따라 움직이고 그것은 그들의 삶이 된다. 제도의 결정이 신중하고 또 신중해야 할 까닭이 거기에 있다. 전공자들끼리도 서로 읽지 않는 따분한 논문의 양산을 강요할 게 아니라, 대학교수들이 제대로 된 성과를 만들기 위해 매진할 수 있도록, 그렇게 해서 학생들과 일반인들이 제대로 된 학문적 결과를 '작품'으로서 향유할 수 있도록, 이 터무니없이 불합리한 제도들이 하루속히 올바른 방향으로 수정되기를 기대해본다.

아, 이 기막힌 세월

멋도 모르고 이 세상에 태어나 인생이라는 것을 살게 되었는데, 살다 보니 참 별의별 일들을 다 겪게 되었다.

내가 태어난 시점은 1950년대 중반이라 비교적 세상이 평화로운 편이었다. 하지만 나중에 알고 보니 그때는 일본이 나라를 집어삼키고 36년간 식민지로 지배하다가 소위 해방이 된 지 얼마 되지 않은 시점이었고, 더욱이 나라가 둘로 쪼개져 대립하다가 전쟁이 일어나 3년간 피바람이 분 뒤 휴전으로 겨우겨우 총성과 포연이 멎은 직후였다. 인생을 막 시작한 내 삶의 주변에는 식민지배와 남북전쟁의 흔적이 곳곳에 널브러져 있었다.

어린 시절이란 누구에게나 그렇듯이 아름다웠지만 지금 돌이켜보면 그 삶의 여건이란 것은 참 비루하기가 이를 데 없었다. 그런 가운데서 세월을 보내며 우리는 4 · 19를 겪었고 5 · 16을 겪었고, 좀 나이가 들어서는 10 · 26, 12 · 12, 5 · 18을 겪었다. 또 IMF라는 국가적 치욕도 경험했다. 이런 단어들을 다시금 떠올리면 나는 가슴이 바위처럼 딱딱해지는 것을 느끼면서 언어의 상실에 빠져든다.

그와 더불어 우리는 또 한 가지 일련의 사건들을 마주했다. 1970년 서울에서 와우아파트가 무너졌다. 1971년에는 대연각 호텔이 불길에 휩싸였다. 1993년에는 서해 페리호가 침몰했고 1994년에는 성수대교가 끊어졌으며, 1995년에는 삼풍백화점이 붕괴되었다. 2003년에는 대구 지하철이 불길에 휩싸였고 바로 얼마 전에는 경주 리조트의 건물이 폭삭 내려앉았다. 엄청난 생명들이 희생되는 참으로 말도 안 되는 재난들이 버젓이 일어나고 또 일어났다. 그때마다 세상은 떠들썩했지만 이런 식의 후진적 사고는 이 한심한 세상에서 도무지 사라질 기미를 보이지 않는다.

2014년 4월 16일, 진도 인근의 맹골수도에서 476명이 탑승한 세월호가 침몰하는 대형사고가 또 발생했다. 꽃다운 나이의 학생들이 수백 명이나 배와 함께 바닷속으로 가라앉았다. 이 땅에서 어른으로서 숨을 쉬고 있다는 자체가 부끄럽다. 하나씩 들려오는 소식들을 보면 너무나 기가 막혀 그야말로 '멘붕'이다. 가히 어처구니없는 일들의 종합판이다. 참담하기가 이를 데 없다. 무엇보다도 압권인 것은 그 순진한 아이들이 탈출도 못하도록 객실에 가만히 있으라고 오도한 안내방송, 그리고 수많은 승객들이 죽어가는 그 와중에 배를 버려두고 가장 먼저 탈출해 구조되었다는 소위 선장이라는 사람이다. 물속에서 자동적으로 펴지게 되어 있는 구명보트는 어이없는 페인트 덧칠로 거의 봉합 상태였고 그런 채로 안전검사에서 '양호' 판정을 받았다고 한다. 너무너무 기가 막혀서 나는 또 바위처럼 딱딱해진 가슴을 움켜잡고서 언어를 잃고 있다.

도대체 이 땅에서 생명이란 무엇인가? 나는 존재론을 전공한 한 철학자로서 단언하건대 하나의 생명은 소위 '존재'라고 불리는 전체 우주 삼라만상의 담지자이다. 일체존재가 비록 그 자체적으로 요요히 열려 빛날지라도 그 모든 것의 의미는 생명과 더불어 비로소 개시되는 것이며 생명이 소실되면 일체의 의미도 함께 사라진다. 생명이란 하나하나가 우주 전체와 맞먹는 가치를 지닌다는 말이다. 인간들은 천문학적인 돈을 투입해서 우주선을 만들고 그것을 외계로 보내 생명의 흔적을 찾고 있다. 하지만 그 어디에도 생명은 없지 않은가. 만일 달이나 화성에서 토끼나 혹은 풀 한 포기라도 발견된다면 그것은 그야말로 우주적인 대사건이 아니겠는가. 그러나 그런 것은 없다. 그런데… 왜 굳이 그것을 그 멀리서 찾는가. 바로 우리 주변에 그 귀한 생명이 이토록 많이 있고 무엇보다도 우리 자신들이 바로 그런 생명이 아니던가! 그것을 우리는 지금 어떻게 취급하는가.

우리는 그 생명의 가치를 도대체 아는가 모르는가. 그 가치를 조금이라도 인식한다면 그것을 그렇게 많이 배에 싣고 위험한 바다로 나가면서 어떻게 그 배의 키를 어리고 미숙한 3등 항해사에게 맡길 수가 있단 말인가. 어떻게 이 모든 것이 이토록 엉망진창일 수가 있단 말인가. 생각이라는 것이 있는가 없는가. 양심이라는 것은, 책임이라는 것은 있는가 없는가. 저 캄캄한 바닷속으로 가라앉으며 그 무수한 아이들이 느꼈을 감당할 수 없는 공포를 생각하면 그저 억장이 무너질 뿐이다. 이 모든 엉터리들을 생각하면 참으로 기가 막혀 더 이상 할 말도 없다.

　이게 지금 우리가 인생을 살고 있는 이 세상의 꼬락서니다. 바야흐로 이 세상에 대한 근본적인 개조의 시대가 다가왔다. 그나마 희망을 갖는 것은 저 지옥 같은 조건 속에서도 구조를 위해 바다로 뛰어드는 사람들이 우리 곁에는 분명히 있다는 사실이다. 기대해보자. 그들처럼, 이 어처구니없는 세상이 조금은 달라지기를.

시간의 품격

얼마 전 보스턴의 하버드에서 연구년을 보내고 있을 때 몇 차례가 부름을 받고 강연을 한 적이 있었다. 한번은 그곳 교민들을 대상으로 '시간의 품격'이라는 주제를 내걸고 두어 시간 이야기를 했다. 제대로 된 한국어가 그리울 그분들에게 '품격 있는 인문학적 한국어'를 들려주고 싶어서 나름 열심히 준비를 했다. 그런 정성이 통했던지 청중들은 눈빛을 반짝이며 들어주었고, 현지의 교민신문은 '감동을 자아냈다'는 고마운 말로 호평해주기도 했다. 그날 내린 엄청난 함박눈과 더불어 내게는 너무나도 '좋은 시간'이 되었다.

'시간의 품격'이라는 주제는 사실 한국에서도 몇 차례 다룬 적이 있는 나의 단골 메뉴이기도 했다. 알게 모르게 내가 전공한 하이데거의 영향을 받은 것인지도 모르겠지만 나는 시간이라는 것을 내 철학적 관심의 한 축에다 두고 있다. 애당초 우리의 삶이라는 것이 시간과 함께 시작되어 시간과 함께 진행되다가 시간과 함께 끝나는 것이기 때문이다. 시간은 생각과 시계 안에만 존재하는 막연한 추상체가 아니라 삶의 온갖 사건들, 지극히 구체적인 내용들로 채워지는 엄연한 실질적 존재인 것이다.

우리가 흔히 과거라고 부르는 시간은 '…했던 시간'이고, 현재라고 부르는 시간은 '…하는 시간'이며, 미래라고 부르는 시간은 '…할 시간'으로, 반드시 무언가 그 내용을 가지고 있다. 아무것도 하지 않는 시간조차도 실은 '아무것도 하지 않음'이라는 내용을 가지고 있는 셈이다. 무언가를 하는 그때그때, 그 순간순간들이 모여서 결국 우리의 '인생'이라는 것이 만들어져나가는 것이다. 그런 시간들 말고 '인생'이라는 것이 따로 있을 수는 절대로 없다.

그래서 우리는 그때그때 매일매일 주어지는 그 시간들을 '무엇으로' 채울 것인지 진지하게 생각해보지 않으면 안 된다. 노는 것도 일하는 것도, 사랑하는 것도 미워하는 것도, 공부하는 것도 농땡이 치는 것도 다 그 시간의 내용들이고, 먹는 것도 입는 것도 자는 것도 다 시간의 내용들이다. 철학에서는 그 모든 것을 다 '행위'라고 부른다. '무위'까지도 포함해서.

그런데 우리가 절대 잊지 말아야 할 것은 이 행위라는 것에 '질'이 있고 '격'이 있다는 사실이다. 간단히 말해 옳은 행위 그른 행위, 좋은 짓 나쁜 짓, 선행 악행, 그런 것이 엄연히 있다는 말이다. 이 행위들의 질과 격, 그것을 결정하는 것은 다름 아닌 우리 자신, 그 행위를 하는 우리 자신의 '격' 내지 '품격'인 것이다. 우리 자신의 그 격 내지 품격

이 행위의 질을 결정하고 그 행위의 질이 시간의 질을 결정하고 그 시간의 질이 우리에 인생의 질을 결정하고 그리고 그 인생의 질이 사회의 질, 국가의 질, 세상의 질을 결정한다. 바로 그래서 우리는 어떤 사람이 되어 어떤 행위를 할 것인지, 즉 '무엇으로' 그 시간들을 채울 것인지 진지하게 생각해봐야 하는 것이다.

우리의 주변에서 전개되는 행위의 파노라마를 보면 그야말로 천태만상, 별의별 일들이 다 일어난다. 극악의 단계부터 지선의 단계까지 다채롭기가 이를 데 없다. 쉬운 일은 아니겠지만 이른바 '봉사'라는 행위로 자신의 삶을 채우는 분들도 적지 않게 있다. 나는 그런 분들의 그런 시간을 눈여겨 바라본다.

창원에서 서울로 가는 KTX에서 우연히 인자한 얼굴의 노신사 한 분이 옆자리에 앉았다. 가볍게 건넨 대화가 서울까지 이어졌다. 그분은 평생 은행의 간부로 일하시다가 뜻한 바 있어 그 일을 접고 아프리카로 날아가 그곳에서 교육사업을 하고 있노라 했다. 사재를 털고 유관기관의 지원을 받아 학교를 짓고 아이들을 가르치면서 미래의 동량으로 키워내고 있다는 이야기였다. 말로는 많이 들었지만 실제로 그런 분을 만나기는 드문 일이다. 보스턴에서 잠시 만났던 한비야 씨의 얼굴도 함께 떠올랐다. 감동이 없을 수가 없었다. 말이 그렇지 그런게 어디 쉬운 일인가. 그분은 그런 일로 자신에게 주어진 삶의 시간을 채우고 있는 것이었다. 남은 시간이 많지 않으니 1년도 짧다고 했다. 그래서 더 열심히 일한다고 했다. 말하자면 그런 시간, 그런 것이 품격 있는 시간인 것이다.

그런데 우리는 보통 어떤가. 삶의 원료라고도 할 시간을 무반성적으로 허비하는 경우가 너무나도 많다. 어떤 이는 그 소중한 시간을 부정과 비리로 채우기도 한다. 부당한 증오와 싸움으로 채우기도 한다. 아까운 노릇이다. 인간의 시간, 삶의 시간은 양적인 존재라 무한하지 않다. 많아봤자 백 년이다. 두루마리 화장지처럼 매일 하루씩 소비되면서 언젠가는 그 끝을 드러낸다. 그러니 한 번쯤은 지나가는 그 시간을 돌아보면서 그 시간의 냄새를 맡아볼 필요가 있지 않을까. 향기가 나는지 악취를 풍기는지.

잊지 말자. 무심코 흘러가는 오늘 하루의 시간에도 품격이라는 게 있다는 것을.

부끄러움이라는 현상

하버드에 머무는 동안 내가 받은 선물들 중 가장 값진 것은 아무래도 여기서 알게 된 몇몇 특별한 사람들과의 만남인 것 같다. 미국인뿐만 아니라 한국인도 많다. 그들은 하나같이 한국의 보배라 일컬을 만한 인물들이다. K도 그중의 하나다. 그는 세계적인 IT 기업의 간부로 오래 일하다가 뜻한 바 있어 퇴사를 하고 뒤늦게 공부라는 것을 하겠다고 하버드에 온 늦깎이 학생이다. 하버드 한인 학자회(HKFS)의 회장을 맡았던 인연으로 같은 임원이었던 그에게 세미나 발표도 부탁한 적이 있었는데 그 실력이 가히 압도적인 수준이었다. 그런데 실력도 실력이지만 이 친구는 참 인품이 훌륭해 나는 각별히 그를 좋아했다.

그 K가 어느 날 이런저런 이야기를 나누다가 아주 참담한 표정을 지으면서 "우리끼리니까 하는 말이지만, 한국인이라는 게 오늘 참 부끄러웠다"는 뜻밖의 말을 내뱉었다. 들어보니 이유가 있었다. 이런 사연이었다. 한 학기가 끝나고 기말시험을 치던 날이었다. 한 학생이 소위 '커닝'을 하다가 적발이 되었는데 그가 바로 한국 학생이었다는 것이다. 하버드의 규정이나 전례로 봐서 그런 것은 바로 '퇴학'에 해당하는 사유가 된다고 했다. 그의 인생이 끝장날 판국이었다. 그런데 담당교수의 거의 '자비'에 가까운 배려로 특별히 전 학점 몰수와 경고 정도로 그 일생일대의 위기를 넘기게 됐다고 한다. 그런데 K가 그토록 참담한 표정을 지은 것은 그 다음 때문이었다. 우연히 그 학생이 그날 SNS에 올린 글을 보았는데, 반성과 자숙은커녕 하버드 운운하는 자기과시로 가득 찬 너무나도 뻔뻔스러운 내용이었다는 것이다. K의 인품으로 보았을 때 그것은 충분히 분개할 만한 일이었다. 나도 그와 맞장구치며 한동안 같이 분개했다.

그 일과 거의 비슷한 시점에 또 하나의 사건이 발생했다. 그것은 온 하버드를 발칵 뒤집어놓은 엄청난 대사건이었다. 그 사건은 한국의 주요 언론에도 곧바로 보도되었다. 기말시험 중인 하버드의 몇몇 건물에 폭발물이 설치되었다는 제보로 급거 비상벨이 울리며 시험이 전면 중단, 연기된 사건이었다. 경찰의 조사 결과 폭발물은 없었고 그것은 시험 준비를 제대로 하지 않은 한 학생의 조작극으로 드러났다. 얄궂게도 그 또한 한국계 미국인이었다. 온 하버드가 삼삼오오 그것을 화제 삼았다. 부끄럽고 부끄럽고 또 부끄러웠다.

미국 학생이라고 시험이 부담스럽지 않을 리는 없다. 하지만 그들은 기본적으로 노력과 능력으로써 그것을 감당해낸다. 그런 것은 최소한의 정의이며 인간사회의 가장 기초적인 질서에 속하는 것이다. 그런 정의나 질서에 반하는 행위가 곧 부끄러움이건만 무한 욕망과 경쟁에 기초한 우리 사회에서는 어느 사이엔가 슬그머니 그 부끄러움이라는 것이 사라지고 말았다. 하버드의 저 사건들은 그야말로 빙산의 일각이다. 무슨 짓을 하든지 일단 차지하고 보자는 주의가 팽배해 있다. 차지하고 나면 그게 곧 정의가 된다. 이래서야 우리가 아무리 돈을 많이 벌게 된들 결코 선진국의 대열에는 들어설 수 없다.

기초를 다시 세워야 한다. 그러기 위해 먼저 '인간'을 되돌아보지 않으면 안 된다. 철학이 요구되는 까닭이 거기에 있다. 맹자는 소위 사단칠정을 이야기하는 가운데 "수오지심 의지단야(羞惡之心 義之端也)", "무수오지심 비인야(無羞惡之心 非人也)"라고 설파했다. 부끄러워하는 마음이 의로움의 단초이고 부끄러운 일을 부끄러운 줄 모른다면 인간이라고 할 수가 없다. 소위 공자 왈 맹자 왈은 결코 진부한 옛날이야기가 아닌 것이다.

지금 우리 주변을 둘러보면 이른바 '비정상'인 것들이 너무나도 많이 눈에 띈다. 그런 것들이 오히려 정상을 짓누르고 활개를 친다. 우리에게는 그 모든 것들을 바로잡고 '정상화'시켜나가야 할 책임이 있다. 우리가 염원해 마지않는 선진국은 바로 거기에서부터 시작하지 않으면 안 된다.

공부를 하지 않았으면 그대로 백지를 내는 것이 그 모든 정상화의 첫걸음이다. 능력과 노력 없이 온갖 비겁함으로 무언가를 차지하겠다는 것이 부끄러운 일인 줄도 모르는 저 어처구니없는 일부의 행태가 너무나도 부끄럽다.

하버드의 어느 한중일

낮에는 겨울답지 않게 포근한 가운데 부슬비가 내렸는데, 저녁 무렵에는 비가 그치고 바람이 불면서 기온이 급강하했다. 하버드대학 더들리 하우스 앞에서 나는 '그들'을 기다렸다. 약간의 시차를 두고 하나씩 하나씩 그들이 도착했다. 정말 우연이지만 나를 포함해 한국인이 둘, 중국인이 둘, 일본인이 둘이다. 역시 우연이지만 남자가 셋, 여자가 셋이다. 젊은 '그들'이지만 나이 든 나를 꺼리거나 어색해하는 눈치는 전혀 없었다. 아니, 오히려 나를 '프레지던트', '빅 보스', '빅 브라더'라 부르며 함께 '노는' 것을 즐기는 분위기였다.

지난 9월이었다. 신학년도가 시작되면서 교수회관격인 '페컬티 하우스'에서 소속 학과의 '웰컴 리셉션'이 있었는데, 그 자리에서 우리는 서로 인사를 나누게 됐다. 중국 창사에서 온, 적극적인 성격의 L양이 제안해서 우리는 그 며칠 후에 다시 만났다. 그들은 이 모임을 '하버드 아시안 철학자회'라 칭하며 좋아했지만 대화는 철학에 국한되지 않고 최근 한국에서 방영 중인 인기 드라마에서부터 30여 년 전의 일본 만화들, 북경의 스모그 문제 등등 그야말로 종횡무진, 온갖 화제를 넘나들었다. 비록 젊은 그들이지만, 그리스 철학을 전공하는 한국의 M군, 인도 철학을 하는 일본의 S군 부부, 인식론을 하는 중국의 L양, 그리고 좀 분야가 다르지만 고고학을 하는 중국의 Q양에게도 각각 배울 점들이 없지 않았다. '불치하문' 나도 그들에게 이것저것 많이 물어보았다. 멤버 중 교수는 나 혼자라 그들은 내게 질문의 파상공세를 퍼붓기도 했고, 나는 그 답변을 즐기기도 했다. 맹자가 말한 '득천하영재이교육지'까지는 아니겠지만, 똑똑한 젊은이들과 어울려 지적인 담론을 즐기는 것은 교수의 삶을 사는 자의 크나큰 행복이 아닐 수 없다.

나의 환송 파티라는 구실로 모이기는 했지만 오늘도 분위기는 지난 서너 차례의 그것과 다르지 않았다. 학교 앞 하버드 스퀘어의 한 한국 식당으로 이동해 저녁을 먹으며 대화는 이어졌다. 과학철학을 전공한다는 북경 모 대학의 T교수와 영국 모 방송의 싱가포르 지사에 근무한다는 C양이 합류하면서 대화의 범위는 더욱 넓어졌다. 나는 오랜만에 내가 전공하는 하이데거 철학을 입에 올리기도 했다. 기본적으로는 영어로 말이 오고갔지만 더러 표현이 궁색해질 때는 공맹과 노장의 원문들과 중국어, 일본어도 등장했고 한국 드라마의 광팬인 중국의 L양은 한국어로 전지현을 흉내 내며 까르르 웃기도 했다. 철학적인 이야기가 오갈 때는 때로 그리스어, 라틴어, 독일어, 프랑스어, 심지어 산스크리트어까지 동원되었다. 특히 막강한 실력을 과시하는 한국의 M군이 나는 무척 자랑스럽기도 했다.

얼마 전에 나는 〈미국에서 꾸는 꿈〉이라는 제목으로 어느 신문에 글을 쓴 적이 있다. 그 글에서 나는 동서남북 좌우상하로 갈가리 찢어져 서로 증오하며 싸움질하는 한국의 현실을 개탄하면서 사랑하는 나의 조국이 어떻게든 하나로 뭉쳐 힘을 기른 뒤, 저 '웬수' 같은 중국, 일본과도 손을 맞잡고 하나의 아시아가 되어 이윽고는 유럽과 미국을 넘어 세계를 이끌어보는 것은 어떻겠는가 하는 취지의 제안을 한 적이 있다. "황당한 꿈인 줄이야 누가 모르랴만…" 하고 나는 단서를 달았지만, 이렇게, 그것이 황당한 꿈이 아닌 경우도 있는 것이다.

일본에서 온 S군, M양이라고 저 야스쿠니 문제와 위안부 문제를 모를 턱이 없다. 중국에서 온 L양, Q양이라고 저 방공식별구역과 동북공정을 모를 턱이 없다. 그 모든 무게들을 어깨에 걸치고도 '그들'은 서로가 서로를 '좋아하고' 있는 것이다. 그들은 서로가 각자 하나의 1로서, 더도 덜도 아닌 아시아의 3분의 1로서, 그 1의 이상도 이하도 원하지 않는 우정을 나누고 있었던 것이다. 한중일의 관계는 누군가 그 1의 이상을 탐하기 시작할 때 균형과 평화가 깨어지고 우정은 순식간에 갈등과 대립, 심지어는 전쟁으로까지 이어질 수 있다.

미국에서 건너다보는 한중일은 지금 위태롭다. 중국도 일본도 '위험한' 한 걸음을 내디디려 하고 있다. 미국도 과연 이 상황에서 어떤 선택을 하게 될지 종잡을 수 없다. '무조건 한국 편'이 아닌 것만은 확실해 보인다. 그 어느 때보다도 '균형과 평화를 위한 힘'이 절실한 지금이 아닐 수 없다. 정치하는 분들이 이 너무나도 간단한 진실을 과연 제대로 인식이나 하고 있는지 걱정스럽다.

    나는 앞으로도 오래, 더도 덜도 아닌 동아시아의 3분의 1로서, 저 사랑스러운 젊은 친구들과 함께 국경을 넘은 우정을 계속할 수 있게 되기를 희망한다. 지금 보스턴은 고요한 밤, 눈이 내리고 있다. 아름답고 그리고 평화롭다.

나는 누구인가

무슨 팔자인지 인연인지 보스턴에 있으면서도 몇 군데서 고마운 부름을 받아 특강이라는 것을 했다. 이런 것을 시작할 때는 대개 간단한 프로필을 소개하는 절차가 있다. 이런 것을 해봤거나 들어본 적이 있는 사람은 기억하리라. "○○선생님은 □□를 졸업하시고 △△를 역임했으며 현재 ▽▽로 계시고…" 어쩌고 하는 식이다. 이곳이 보스턴이라는 좀 특별한 곳이라 그런지, 나에 대한 그 소개를 듣는 동안 그 소개 자체가 좀 특별한 느낌으로 다가왔다. "하, 나란 사람이 그런 사람이구나. 저게 나의 삶이었구나…." 그런데 그 '나'란 것이 그렇게 몇 마디의 '이력'으로 간단히 정리될 수가 있는 것일까?

그럴 턱이 없다. 그것은 그야말로 빙산의 일각. 수면 아래에 잠긴 '나의 정체'는 참으로 넓고도 깊다. 나는 그 '나'라는 것에 대해 따로 강의를 한 적도 있다. 이 주제를 풀어내기에는 한 학기의 시간도 결코 충분하지 않다. 한 권의 책에도 그것을 다 담을 수가 없다.

2,600년에 걸친 '철학의 역사'도 그것을 결코 다 담아내지는 못하고 있다. 데카르트는 '나 자신과 세계라고 하는 커다란 책'을 직접 읽으려 했고 '생각하는 나'를 자각했고 그것을 "나는 생각한다. 고로 존재한다"는 말로 정형화시키며 '근대'라는 한 새로운 시대의 문을 열었다. 하지만 그것도 나에 대한 억조 분의 1일 뿐. '보는 나', '듣는 나', '먹는 나', '자는 나', '뛰는 나', '만드는 나', '노는 나', '일하는 나', '사랑하는 나', '안이비설신의의 나', '생로병사의 나', '희로애락의 나' 같은 것도 '생각하는 나'보다 결코 덜 중요할 수는 없는 것이다.

'나'라는 것은 태어나는 그 순간부터, 아니 어머니의 자궁에 잉태되는 그 순간부터 거의 무한에 가까운 '규정'들을 부여받게 된다. (나는 그 규정들을 '신분'이라는 철학적 용어로 부르고 있다.) 이를테면 태아, 인간, 여자, 남자, 누군가의 아들, 딸, 한국인, 미국인 … 등으로서 살게 된다. 열거를 하자면 한도 끝도 없다. 살아가면서 그런 규정들은 점점 더 늘어나며 점점 더 구체화된다. 그 나의 규정들이 곧 삶의 조건이 되는 것이다. 이를테면 건강한 사람이나 병약한 사람, 부자와 빈자, 유명인 무명인, 높은 사람 낮은 사람, 가르치는 사람 배우는 사람 …, 역시 한도 끝도 없다. 그 모든 것들이 지극히 구체적, 실질적인 '나'의 모습인 것이다. 이 …(말줄임표) 속에 들어갈 수백 수천의 '나'를 한번 백지에 써보기를 나는 모든 사람들에게 권해보고 싶다. 거기에 나의 정체가 드러난다.

인터넷으로 한국의 신문을 들여다보다가 우연히 한 지인에 대한 기사를 읽게 되었다. 도쿄에서 함께 동문수학한 그녀는 서울 모 대학의 교수로 있었는데, 수년 전 그것을 초개처럼 던지고 남해의 한 조그만 섬에 선방을 차리고 수행정진의 삶을 꾸려나간다는 내용이었다. 그녀는 그렇게 '교수로서의 나'를 '수행자로서의 나'로 바꾸어나간 모양이다. 묘한 부러움 같은 것이 스쳐가기도 했다. 왜냐하면 그녀는 아마도 '구속된 나'에서 '자유로운 나'로, '고뇌하는 나'에서 '평정한 나'로, 그녀 자신의 '나'를 바꾸기도 했을 테니까. 나는 여전히 '그렇게 하지 못하는 나'로 남아 있고 앞으로도 '그렇게 할 수 없는 나'로서 살아갈 것이 분명하니까.

신문에는 또 갈가리 찢어져 분열과 대립으로 얼룩진 한국의 모습도 전해진다. 느닷없는 이야기의 비약? 아니다. 같은 이야기다. 그것도 결국은 '나'에 집착하는 이들이 벌이는 '나'와 '나'의 싸움에 다름 아니다. '이래야 한다는 나'와 '저래야 한다는 나'의 투쟁이다. 나는 지금 머나먼 미국 땅 보스턴에서 이런 한국의 현실을 '가슴 아파하는 나'로서 내 삶의 한때를 보내고 있다. 남북이, 동서가, 좌우가, 상하가, 서로 그 '나'의 독선을 주장하면서 '너'는 안중에도 없다.

20세기의 프랑스 철학자들은 그런 '아타(我他) 이분법'의 문제점들을 지적하며 그 극복을 지겹도록 이야기해 왔다. '타자'는 그들의 공통된 지향점이었다. 한국에서도 그들의 철학은 프랑스 못지않게 떠들썩했지만 아무래도 그들의 언어는 인어공주의 꿈처럼 물거품으로 꺼져버린 것 같다. '십문화쟁론(十門和諍論)'을 외친 저 아득한 신라의 원효가 그리워진다. 새해에는 제발 그 '나'라는 것을 좀 내려놓고 한 번쯤 '그'를, '그녀'를, 저 마르틴 부버가 말했던 실존적인 '너(Du)'로

고려하면서 그것을 국가의 힘으로 키워나가는 한국의 모습을 좀 볼
수 있었으면 좋겠다. 머나먼 보스턴에 앉아서 한국 걱정을 하고 있는
이 나는 도대체 누구인가? 나는 아무래도 '한국을 사랑하는 나'라는
이 나의 규정, 나의 신분을 영원히 어찌할 수 없는 모양이다.

행복은 어디 있는가

걸을 수 있다면
설 수만 있다면
말할 수만 있다면
볼 수만 있다면
더 큰 복을 바라지 않겠습니다

누군가는 지금 그렇게 기도를 합니다

놀랍게도 누군가의 간절한 소원을
나는 다 이루고 살았습니다

놀랍게도 누군가 간절히 기다리는 기적이
내게는 날마다 일어나고 있었습니다

부자 되지 못해도
빼어난 외모 아니어도
지혜롭지 못해도
내 삶에 날마다 감사하겠습니다

어떻게 해야 행복해지는지
고민하지 않겠습니다
내가 얼마나 행복한 사람인지
날마다 깨닫겠습니다

나의 하루는 기적입니다
나는 행복한 사람입니다

'언더우드 목사님의 기도'라며 한 친구가 고등학교 동기 카톡방에
이런 글을 올렸다. 언젠가 어디선가 들어봤음직한 말이다. 세상에 넘
쳐나는 '좋은 말'의 하나이다 보니 좀 뻔할 정도로 식상할 수도 있다.
그런데 이번엔 이 말에 가슴에 '확' 와 닿았다. 지난 방학 동안 혹독하
게 병치레를 했기 때문이다. 그러다 보니 멀쩡하게 거리를 돌아다니
는 것만 해도 얼마나 엄청난 행복인지를 그야말로 뼈저리게 실감했
다.

매일매일 놀라운 기적과 행복 속에 살아가면서 우리는 얼마나 우리의 '불운'과 '불행'을 투덜대고 원망하는가. 온통 '불만'투성이다. '감사'와 '지족'이라는 것을 평소에 학생들에게 그토록 강조해왔음에도 불구하고 나 자신은 과연 그것을 얼마나 제대로 실천했던 것일까, 좀 반성이 되기도 했다. 나의 병치레라는 것도 어떻게 보면 '과욕'에 기인한 측면이 없지 않았다. 지난 5년간 강의는 기본이고 10권의 책과 4편의 논문을 썼으니 몸과 정신이 배겨날 턱이 없다. 그 절반 정도에서 지족하고 감사했더라면 탈이 나지 않았을 텐데… 병의 불편함 속에서 그런 생각이 너무도 간절했다.

나만이 아니다. 주변을 돌아보면 이 '지족'과 '감사'라는 덕을 실천하지 못하고 결국 탈이 나거나 화를 부르는 사람들이 적지 않다. 정치인들과 경제인들 중에는 특히 많다. 본인의 능력은 돌아보지 않고 과욕을 부리다가 본인은 물론 나라와 회사에 큰 폐를 끼치기도 한다. 문화인들도 예외는 아니다. 아무리 작품과 연기가 좋다손 치더라도 본인의 건강을 해치면서까지 무리를 하다가는 아예 그 무대를 떠나게 되는 경우조차도 없지 않다. 그들의 재능을 생각하면 얼마나 아까운 노릇인가.

국가의 경우도 마찬가지다. 역사 속에서 보면 어느 정도의 내적 역량을 비축한 국가들이 지족하지 못하고 결국 그 힘을 밖으로 분출해 침략과 전쟁을 일으키고 엄청난 재앙을 초래한 경우가 적지 않았다. 저 로마제국과 마케도니아 왕국이 그러했고, 몽골제국이 그러했고, 나치의 독일과 군국주의 일본이 그러했다. 그 과욕으로 인한 희생은 그 얼마였던가. 얼마나 많은 사람들이 노예적 삶을 강요당했고, 얼마나 많은 부녀자들이 희생됐으며, 얼마나 많은 피가 대지를 붉게 물들였는가.

만족하고 감사하지 못하는 인간의 오만과 과욕이 스스로 행복을 몰아내고 불행을 초래한다. 행복은 결코 멀리 있지 않다. 나의 멀쩡한 손과 발, 멀쩡한 눈과 귀, 코와 입, 맛있는 밥 한 끼, 내 옆에서 웃어주는 아내와 자식들, 그 모든 게 다 행복의 다른 이름들이다. 그것을 아는 자에게는 그것이 바로 행복이 되고, 그것을 모르는 자는 헛된 곳을 찾아 헤매다가 엉뚱한 불행의 지뢰를 밟기도 한다. 주어진 기적 같은 오늘에 지족하면서 매일매일 하늘에 감사할 일이다.

생각의 산책

1판 1쇄 인쇄	2017년 5월 20일
1판 1쇄 발행	2017년 5월 25일
지은이	이 수 정
발행인	전 춘 호
발행처	철학과현실사
등록번호	제1-583호
등록일자	1987년 12월 15일
	서울특별시 종로구 동숭동 1-45
	전화번호 579-5908
	팩시밀리 572-2830

ISBN 978-89-7775-800-1 03800
값 12,000원